JURO CAZARTE

AGENTE ESPECIAL AINARA PONS Nº 2

RAÚL GARBANTES

Producción editorial: Autopublicamos.com
www.autopublicamos.com

Diseño de la portada: Giovanni Banfi
giovanni@autopublicamos.com

Esta es una obra de ficción. Los nombres, personajes, instituciones, lugares, eventos e incidentes son producto de la imaginación del autor o usados de una manera ficticia. Cualquier parecido con personas reales, vivas o fallecidas, o eventos actuales, es pura coincidencia.

ISBN: 978-0-6489031-2-3

Redes sociales del autor:

goodreads.com/raulgarbantes
instagram.com/raulgarbantes
facebook.com/autorraulgarbantes

Obtén una copia digital GRATIS de *Los desaparecidos* y mantente informado sobre futuras publicaciones de Raúl Garbantes. Suscríbete en este enlace: https://raulgarbantes.com/losdesaparecidos

ÍNDICE

PRÓLOGO

Al principio, después de los eventos del año pasado, todo parecía ir bien, pero una noche desperté y no pude volver a dormir más, no por decisión, no sin alcohol. El desgarrador recuerdo de ver el cuerpo sin vida de mi madre en el maletero de mi auto comenzó a carcomerme. Las pesadillas aparecieron sin control; con Josh Cook volviendo a la vida para vengarse, de Donovan White culpándome por su muerte, por la reaparición del asesino en serie Jerry Hawk, quien violó y asesinó a mi hermana Rachel hace diez años. Pensé que podría controlarlo, pero comencé a volverme histérica, paranoica, a soñar despierta y a beber más de lo normal. Para no enloquecer, dejé de darle más vueltas y tomé las vacaciones que había eludido durante mis cinco años trabajando en el FBI.

Solo serían unas semanas, sin embargo, ya son más de seis meses desde que salí de Nueva York, desde que hablé con alguno de mis amigos, desde que dejaron de llamarme Ainara Pons.

Me apoyo en mi camioneta unos instantes para tomar aire e intentar recomponerme. Fueron más cervezas de las que debía tomar si pensaba volver a casa manejando, pero como todo es cerca en este pueblo, no debería tener problemas. Solo hay que manejar derecho por la avenida principal, doblar un par de veces y listo, además Bob me mantendrá alerta.

—¿No es así Bob? —pregunto mientras apapacho a mi perro y le abro la puerta para que suba de un salto.

También me monto, bajo los vidrios, coloco una buena pieza de música clásica y arrancamos en dirección a casa.

Conduzco lento y sin apuros, muy relajada. Bob se sienta derecho y levanta la barbilla para observar el camino, como siempre. La brisa nos refresca las caras. Ha sido un día largo y no imagino otra cosa que no sea mi cama, solo quiero llegar y lanzarme en ella hasta mañana.

Sin embargo, al avanzar un poco, mi calma desaparece cuando comienzo a ver las luces de unas sirenas policiales brillando entre la oscuridad de la noche. Dudo entre mantenerme a raya, obviarlo y tomar otra calle o satisfacer mi necesidad de saber de qué se trata aquello. Gana lo último y continúo avanzando. Reduzco la velocidad al acercarme, bajo el volumen del equipo. El bullicio de la gente y los gritos desgarradores de una mujer inquietan a Bob, trato de serenarlo hablándole y con caricias, no funciona mucho. Hay un gran número de personas presenciando lo que ocurre, al mismo tiempo que se van sumando otras. Unos oficiales acordonan un área en la esquina de una intersección mientras intentan contener a una mujer que lucha desesperada por pasar las cintas amarillas. En el medio de estas yace un cuerpo masculino tirado en la acera, tiene el rostro cubierto con una manta. Verlo me trae malos recuerdos y me provoca un nudo en el estómago.

Medito por un momento si bajarme para obtener más información con alguien, pero al ver mi semblante en el espejo retrovisor —no luzco sobria—, decido dejarlo para después. Será una noticia de la que se hablará por semanas; en Eureka se supone que no ocurren estas cosas.

Retomo mi camino a casa.

En menos de cinco minutos estoy estacionándome al frente de mi nuevo hogar. Reclino el asiento y me recuesto con los ojos cerrados para despejar la mente un momento. Hoy había sido un excelente día, encontrarme con esa escena en la calle me afectó y robó mi calma. Aunque sé que es imposible, juro que todavía puedo escuchar los gritos de dolor de esa mujer.

Al parecer, tardo mucho tiempo en la misma posición porque Bob se me echa encima a lamerme la cara. Nos bajamos y empiezo a recoger mis cosas de la parte trasera de la camioneta para ingresar a mi casa.

—¡Amanda! —dice alguien, brusca e inesperadamente detrás de mí.

Mi entrometida vecina Lucía me pega un susto, provocando que tumbe la hielera donde reposaban las truchas marrones que pesqué temprano.

—¿Lo viste, Amanda? ¡Tuviste que verlo de camino acá!

—Sí, Lucía, pero no sé más nada, no pregunté qué ocurrió.

—Siéntate, porque yo lo sé todo —dice ella.

No puedo, estoy recogiendo el desastre que provocó. Ella continúa.

—Era un alumno de la preparatoria. Deberías conocerlo o por lo menos haberlo visto.

—¿Cómo? —pregunto mientras casi vuelvo a voltear la hielera. No lo esperaba.

—Al parecer es por un problema de drogas, un negocio no salió bien. Fueron muchos disparos, aquí se escucharon las detonaciones. Se llamaba Daz Brown.

Me parece familiar, pero no me viene un rostro a la mente. Si estaba en problemas de drogas, seguramente cursaba el último año de preparatoria. Le digo a Lucía que no deseo hablar más del tema, que estoy cansada y quiero ir a descansar, sin embargo, ella no deja de parlotear y va conmigo hasta la entrada de mi casa.

—¿Cómo van las clases? Qué suerte que quedaras fija como profesora, no hay muchos trabajos en este pueblo —comenta ella.

—Sí, sí —respondo sin darle importancia.

Porque mi atención se dirige a mi bestia negra. Bob comienza a comportarse de manera extraña al llegar a la puerta. Olisquea y resopla mucho, sus orejas se paran en punta, su mirada simpática cambia; está alerta. No me gusta para nada y mi corazón se acelera. Respiro profundo antes de abrirla. Apenas lo hago nos recibe una corriente de aire frío y Bob se adentra a toda velocidad en la oscuridad. Instintivamente, me toco por un lado de la cintura buscando mi arma, pero no la llevo encima.

—¿Ocurre algo? ¿Por qué Bob se comporta así? ¿Dejaste las ventanas abiertas? —dice Lucía.

No, siempre dejo todo cerrado; algo no anda bien. Le hago seña con el dedo para silenciarla y poder escuchar cualquier sonido. Ella se sorprende, pero se calla. Enciendo la luz. Veo a Bob de pie, inmóvil en la entrada de mi cuarto, él observa algo fijamente y empieza a ladrar fuerte. Lo he amaestrado, no puede pasar a menos que le dé permiso, por eso se mantiene esperando, aunque enloquece por hacerlo.

—Bob, ven acá —le susurro angustiada.

No se mueve, aunque sé que me escucha. Mi arma está en ese cuarto, me siento indefensa sin ella.

—Me están poniendo nerviosa, Amanda. Por amor a Dios —dice Lucía impaciente.

Ella se encamina hacia mi habitación a paso acelerado. Cuando voy a detenerla, ella lo hace por sí sola luego de unos pasos. Se voltea y me mira confundida.

—La puerta trasera está abierta. Dime que fuiste tú quien la dejó así —dice ahora asustada.

Cojo el gancho de la chimenea y le indico que se coloque detrás de mí. Caminamos lentamente hacia la habitación, un paso a la vez hasta llegar bajo el umbral de la puerta.

—¡Dios mío! —grita Lucía, poniéndose la mano en el pecho y casi cayéndose para atrás por la impresión.

El corazón casi se me desprende cuando lo veo. Mi respiración se acelera mientras siento que estoy viviendo un *déjà vu*. El efecto del alcohol se me pasa por completo y comprendo que se acabaron mis vacaciones.

1

¿CUÁNDO PIENSAS REGRESAR?

Ocho horas **atrás**
Eureka, Nevada
Instituto psiquiátrico HealthUs
Jueves, 12:55 p. m.

—Por favor, deje de hacer eso. ¡Eh! ¡Por favor! ¡Señorita Amanda! —gritan.

Vuelvo a la realidad, hace tiempo que no me perdía de esa manera entre mis pensamientos y todavía no me acostumbro a ese nombre. Volteo a ver a la secretaria, que me mira con mala cara.

—Por favor, señorita Sacks, deje de darle con el tacón al piso que me está volviendo loca.

Tendría consulta gratis o al menos una gran rebaja. Le prometo controlarme y ella vuelve a lo suyo, seguramente a jugar solitario en la computadora. Estos lugares me ponen ansiosa.

Saco mi teléfono del bolsillo y me lo quedo viendo. Lo he llevado conmigo desde que salí de mi casa en Queens, pero no lo he encendido ni una vez, aunque lo tengo siempre cargado por si lo necesito. Quiero y deseo hacerlo, sin embargo, mantenerme desconectada de todo lo que me causó «estrés» es parte de la terapia de desintoxicación emocional que me recetó mi psicólogo en Nueva York. Quien es la única persona que sabe dónde me encuentro en este momento y quien me recomendó al psiquiatra de este pueblo.

Repentinamente, siento un fuerte impulso por irme y me levanto de la silla, me quedo de pie inmóvil e indecisa. Puedo ver por el rabillo del ojo a la secretaria volteando a mirarme y vuelvo a tomar asiento. Me estoy ganando un cuarto vip en este lugar.

Luego de unos silenciosos e incómodos minutos en los que lucho por controlar mis tics nerviosos, sale un paciente y me hacen pasar.

—¡Amanda! Espero que no te haya sido problema llegar. Aún nos estamos instalando. Nos será más cómodo que en el viejo edificio. Aquí tenemos más tranquilidad —dice el doctor Sam Dean cuando paso a su consultorio.

Este es mucho más grande y sofisticado que el anterior en su decorado, tiene lujos que podrían parecer excentricidades.

—Lo encontré sin problemas, el pueblo es pequeño —digo encogiéndome de hombros, tomo asiento y continúo mirando el lugar.

—Esta es nuestra… cita número veinte. Cuéntame, ¿cómo van las pesadillas? ¿Has dormido mejor? ¿Has necesitado de las pastillas que te receté?

¿Un minigolf, una cinta de correr? También veo un armario lleno de trajes por la puerta entreabierta de una habitación contigua.

—Sí, he mejorado un poco el consultorio —dice y hace movimientos con las manos para que le preste atención—. Quiero probar nuevas formas de terapias con mis pacientes. Si gustas, puedes utilizar cualquier cosa en el consultorio con la que creas que te puedas relajar para tener una mejor conversación.

Ya hago demasiado con venir acá, no seré un ratón de laboratorio.

—Gracias, doctor, pero paso. He dormido mejor, sí. No he tenido más pesadillas y no he necesitado de las pastillas.

Dos tragos me resultan mejor.

—Lo imaginé, no eres de ese tipo de pacientes. Tienes un carácter fuerte. ¿Has vuelto a soñar con tu hermana o tu madre? Los resultados de los exámenes de sangre estarán en uno o dos días, así verificaremos que todo esté bien —dice el doctor.

—No últimamente. Desde que estoy aquí he encontrado tranquilidad, todo el estrés quedó en la ciudad. De acuerdo, doctor.

—¿Cómo va el trabajo en la preparatoria?

—De maravilla. Cada día me gusta más dar clases allí —respondo.

—Me alegra saberlo. Sabes que me caes bien, Amanda. A pesar de que no me has contado la verdad de muchas cosas y me ocultas otras, has tenido un gran avance desde que llegaste, y te quebraste delante de mí. Sin embargo, ya llevas seis meses en el pueblo, y aunque sé que lo hemos hablado, ¿cuándo piensas regresar? ¿Quieres regresar? Ya no estás de vacaciones, estás huyendo.

Esas son preguntas que he evadido durante todo este tiempo. Alejarme de la ciudad, del cuartel del FBI, de las caras conocidas, de los malos recuerdos, me ha ayudado a encontrar algo de paz. Cada vez que pienso en regresar, de alguna manera aparece un recuerdo que me hace cambiar de idea. Ya no quiero pelear, no tengo ganas de perseguir a nadie, no quiero tener presiones. Cuando estuve presa, el mundo continuó girando, nada ni nadie se detuvo por mí. Solo quiero estar tranquila, darles clases a mis niños, pasear al aire libre con Bob, pescar y pasar el rato con mis entrometidos vecinos.

—A veces siento que no quiero regresar. Me produce cansancio solo pensarlo, pero también sé que es solo cuestión de tiempo para que lo necesite de manera desesperada —confieso.

—Tus alumnos en Nueva York deben de extrañarte…

Él revisa su teléfono, su cara cambia, me pide permiso y sale a hacer una llamada. Cuando vuelve, me cuenta que tiene un problema familiar que atender y que dejaremos la cita para cualquier día que yo quiera. Me retiro y tomo el ascensor.

El edificio también es antiguo, pero es más amplio y se esforzaron en remodelarlo. Albergan a más de cincuenta pacientes con problemas mentales, algunos muy graves. Como Jeffrey, que tiene treinta y cuatro años, es guapo, educado en universidades de élite y habla con increíble fluidez más de cuatro idiomas. Me saluda y me siento a jugar nuestra habitual partida de ajedrez. Ocupamos una mesita en el bonito jardín.

Mientras me derrota nuevamente, me cuenta que le agrada el lugar, que está emocionado porque le darán de alta en dos días y volverá a casa. Sufre de esquizofrenia paranoide y en un último brote casi incendia su casa, por poco mata a su esposa e hijas.

Yo también le cuento cómo me está yendo en la preparatoria, lo bien que me adapto y cuánto comienza a gustarme. En menos de diez minutos me pone en jaque mate y la partida termina. Cada vez que me derrota suele regalarme algo, esta vez es una hermosa flor de pétalos azules. Me despido y le deseo lo mejor.

Apenas doy unos pasos para irme, y cuando empezaba a pensar que de cierta manera lo iba a extrañar, me llama.

—Ainara —dice susurrando.

Los pelos se me ponen de punta. Me freno y quedo inmóvil por la impresión, hace mucho que nadie me llama así y no pensé que alguien podría reconocerme en este pequeño pueblo alejado de todo, mucho menos en este lugar.

—Los pacientes están desapareciendo de forma extraña…

Reacciono, doy media vuelta y me acerco a él rápidamente.

—No sé quién es esa tal Ainara. Me llamo Amanda. Y no pasa nada, Jeffrey. Los pacientes no están desapareciendo, no hay conspiraciones. ¡Tú! Tú estás mejorando, no lo eches a perder y concéntrate en la realidad. Tu familia te necesita.

Antes de que me diga algo más le doy un fuerte abrazo, un beso en la mejilla y le deseo lo mejor del mundo a su regreso a casa. Me marcho.

∾

Río White River
    3:30 p. m.

Como todos los jueves después de dar clases en la preparatoria e ir a la consulta con mi psiquiatra, fui a buscar a mi hermoso y aterrador pitbull, a mi mejor amigo, Bob, para venirnos a pescar y a relajarnos juntos. Ahora nos gusta el aire libre.

Cuando llegué, ya estaban los dos hombres mayores más increíbles que conozco, Arthur y Benjamin, junto con otro profesor de la preparatoria, intentando capturar algunos peces y compartiendo cervezas. Asenté mi puesto de pesca al lado de ellos. Arthur y Benjamin son de los pocos excombatientes de la Segunda Guerra Mundial que quedan, y lucen en buen estado de salud. El humor negro los caracteriza, por lo que me agradan bastante. El profesor Donald da clases desde hace unos tres meses, pero a alumnos de los grados superiores. Él es tan simpático como misterioso, tan inteligente como guapo. A diferencia del noventa por ciento de las personas del pueblo que han sido demasiado sociables conmigo, él nunca me ha sacado conversación.

Arthur y Benjamin nos cuentan otra de sus historias de la Segunda Guerra. En esta ocasión sobre la batalla de Iwo Jima. Pertenecían al frente estadounidense del océano Pacífico.

—Fue una masacre. Solo nos iba a tomar una semana arrebatarles la isla a esos malditos amarillos, pero nos llevó más de un mes y más de veinte mil hombres —relata Benjamin.

—Yo no creía en Dios hasta que logré salir con vida. Nadie que no tuviera la bendición del Señor podría haberlo conseguido. Cada segundo que pasabas allí podías morir —agrega Arthur.

—¡Saliste con vida porque te cubrí el trasero toda la guerra, tarado! —exclama Benjamin mientras le pasa otra cerveza.

—¿Salvar? Casi nos matas en varias ocasiones, no podías manejar ni una canoa, porque la volteabas. Cuando logremos comprar el bote para irnos a pescar al mar, no lo dirigirás ni un segundo.

Ambos se ponen a discutir y yo aprovecho para buscar una cerveza en mi hielera, pero no me quedan. Debí de olvidar las otras en la tienda.

—¡Me lleva! —suelto con rabia.

—Tengo suficientes —dice Donald con una preciosa sonrisa mientras me acerca una lata.

Solo hicieron falta esas dos palabras y un gesto para que comenzáramos a hablar y a pasarla bien. A partir de ese momento fue como si él y yo tuviéramos años de amistad. Al final de la tarde, los cuatro habíamos pescado truchas marrones y me lograron convencer de nadar en el río, algo que no hacía desde mi adolescencia. Bob también nadó a placer mientras luchó por atrapar animales dentro del agua, el pobre no tuvo suerte. Me divertí bastante y por primera vez en mucho tiempo el pasado dejaba de pesarme, solo vivía el presente, sin apuros, me sentía verdaderamente feliz.

$\sim$

Dos horas y media atrás
   _6:30 p. m._

De vuelta al pueblo, hago mis compras en la tienda de la estación de servicios mientras mi camioneta carga combustible, chucherías, pan, jugos y mis botellas de _whisky_ para el fin de semana. Cuando salgo del negocio, reconozco su auto.

—Profesora, ¿me está siguiendo? —pregunta Donald, mi guapo «colega».

En el río examiné su _sexy_ cuerpo cuando se quitó la camisa, sus increíbles abdominales. Tiene rasgos delicados y un rostro de piel increíblemente cuidada.

—Donald… Hay una sola estación de servicio. Yo llegué primero aquí, al pueblo, a la preparatoria y al río, así que…

—Es cierto, yo te persigo —dice y sonríe—. Me hospedo en el Sundown Lodge, al frente hay un buen restaurante y cervezas frías, ¿qué te parece una cena?

Dudo por un instante, sin embargo, tengo extraños deseos de conocerlo más. Así que acepto. Manejamos dos minutos y llegamos al lugar. Entramos y tomamos una mesa, Bob se acuesta a mis pies. Pedimos un par de hamburguesas con papas fritas y cervezas.

Comenzamos a hablar y a conocernos. Resulta ser un hombre más interesante de lo que pensaba. Ha viajado por el mundo, también ama a los animales y tiene dos títulos universitarios: arquitecto y abogado. Me cuenta de su familia; yo evito hablar de la mía. Nos actualizamos brevemente hasta el presente.

—Entonces, Amanda, ¿crees que algo ocurre en ese instituto psiquiátrico?

—No hay nada extraño en el lugar, solo el comentario de un hombre muy inteligente que sufre de esquizofrenia e imagina conspiraciones en todos lados. Sin embargo, me creó una duda —respondo.

—¿Por ejemplo?

Los extraños y caros gustos de decoración del dueño, mi psiquiatra; lo alejado y aislado del lugar y lo poco que son visitados los pacientes por sus familiares, quienes los dejan allí al abandono; ningún ente gubernamental lleva un control del lugar; el personal y el ambiente me causan cierta desconfianza, pero sería lo mismo en cualquier sitio parecido, ¿no?

—No sabría decirte alguno en este momento, solo es una corazonada —digo sonriendo.

Deseaba quedarme más tiempo, sin embargo, continuamos bebiendo y conversando hasta las nueve de la noche, cuando decidí que había sido suficiente porque me estaba poniendo demasiado simpática por los tragos, y también necesitaba descansar.

Fuera del restaurante me insinúa que me quede a pasar la noche con él, o es lo que me parece. Por un instante lo pienso e imagino las cosas sucias que podríamos hacer, pero decido hacerme la difícil. Le doy mi número, el de Amanda Sacks y quedamos en volver a salir.

Me enfilo a mi camioneta, caminando con una significativa pérdida de equilibrio y bastante mareada.

2

¡NOS CAYÓ UNA MALDICIÓN EN EUREKA!

PRESENTE
Jueves, 9:20 p. m.

El cuerpo desnudo y sin vida de una estudiante de la preparatoria del pueblo yace sobre mi cama. Luce maltrecha, fue apaleada, apuñalada y probablemente violada. Hay salpicaduras de sangre por casi todo el colchón. Fue una muerte en verdad brutal. Lucía y yo la reconocemos. Mi vecina porque conoce a casi todos los menos de cuatrocientos habitantes de Eureka; yo por haberla visto numerosas veces en la escuela. La joven se llamaba Christine Smith.

Sin dudar, lo primero que creí al ver la escena es que había sido obra del psicópata de Hawk, sin embargo, no es su modo de cometer los crímenes y es imposible que sepa que estoy aquí. ¿Lo es? Pienso en buscar mi arma, pero no puedo hacerlo en presencia de una de las mujeres más chismosas del pueblo; no quiero que me haga preguntas que luego esparcirá. Tampoco imagino que el asesino siga aquí.

—¿¡Qué está pasando en este pueblo, Amanda!? —pregunta Lucía mientras respira profundo para recomponerse.

Luego de unos segundos ella logra recuperar un poco el aliento, saca su teléfono y llama a la policía. Aunque comienza a hablar con alguien, difícilmente lograrán entenderla, pues lo hace muy rápido debido al nerviosismo.

Aprovecho la oportunidad y me acerco a tomar mi pistola de la mesa de noche para evitar que la policía la encuentre cuando revise el lugar. No quiero que sepan quién soy, no todavía. Ainara Pons no está lista para regresar, me gusta ser la simple Amanda Sacks.

Tener mi Beretta en la cintura me devuelve un poco de seguridad y confianza. Aunque no siento lo mismo que con mi arma de reglamento, la Glock, que dejé en Nueva York. También las ganas de echar un mejor vistazo a la terrorífica escena en mi cuarto.

Miro con más detenimiento el cadáver de Christine. Fue golpeada y las heridas de muerte fueron hechas con un cuchillo que diviso en el piso al lado de la cama. Hawk mataba a sus víctimas estrangulándolas, nunca utilizó un cuchillo. Entender eso me da un respiro porque significa que él no está detrás de mí, aún no.

Después de que me dice que le confirmaron que unos agentes vendrán enseguida, vamos a la cocina y reparto unos tragos de *whisky* para ayudarnos a digerir la desagradable sorpresa y relajarnos un poco, estamos demasiado tensas. A pesar de que lo llamo, Bob no se mueve de la entrada del cuarto y mira fijamente hacia el interior. Lo dejo quieto porque no tengo ni ánimos ni energías de discutir con mi bestia negra, y más ahora que sé que tendré que pasar la noche en otro lugar, lejos de la escena del crimen.

El oficial Marlon llega a los cuatro minutos solo. Mis dudas acerca de su capacidad de resolver el caso y encerrar a un culpable crecen al notar su apariencia, es muy joven. Nos informa que solo será él por el momento, debido a que los demás se están encargando del caso de homicidio en la calle principal. Nos hace las preguntas de rutina antes de asomarse en la habitación.

—¿Quién encontró el cuerpo? —pregunta algo inseguro.

—Las dos —responde Lucía—. El perro se volvió loco antes de entrar, entonces sabíamos que algo no marchaba bien.

—No pudo pasar hace mucho, no antes de las tres de la tarde cuando estuve aquí —agrego.

Marlon asiente repetidas veces y lo piensa, para encaminarse a la escena. Cuando al fin lo hace, tiene que apoyarse en la pared para recomponerse. Es probable que antes de hoy nunca hubiera visto a una persona asesinada, y es la segunda del día. Rodea la cama con notable falta de confianza y ni siquiera se coloca los guantes. Por poco se lo pido, pero es mejor no llamar la atención.

—Apenas se sientan mejor, deben ir a rendir declaración en la estación para poder hacer un informe completo.

Qué emoción me da pensar en que debo ir a ese lugar que llaman estación policial. Afirmamos que lo haremos.

Marlon comienza a revisar con más detenimiento el lugar. Cuando se acerca al clóset, este se abre de golpe, sorprendiéndonos. Un sujeto encapuchado salta desde el interior en menos de un segundo y aterriza sobre el policía.

—¡Mierda! —suelta Marlon aterrado.

—¡Auxilio! —grita Lucía al mismo tiempo que sale corriendo.

Dudo en sacar mi arma, la palpo; sin embargo, prefiero reducirlo con una patada por el costado y con la colaboración de Marlon.

—Ríndete, infeliz —ordeno mientras le hago una llave en el brazo derecho.

—¡Suéltame!

Marlon me ayuda a dominarlo y lo logra esposar. Al levantarle la capucha, se queda sin palabras por un instante.

—¿Junior? —pregunta finalmente Marlon, confundido—. ¿Qué demonios hiciste, muchacho? Si la asesinaste, nunca más verás la luz del sol.

Muy rápido me doy cuenta de que Junior también estudia en la misma preparatoria que los dos muertos. Esto se pone cada vez más raro; un tiroteado, una mujer apuñalada, ahora un sospechoso oculto en el clóset.

—¡No hablaré con nadie! ¡Quiero un abogado! —solicita Junior.

Marlon conoce a su padre, por lo que lo bombardea con preguntas. A pesar de que lo hace con buen tono e intenciones, Junior se niega a decir cualquier palabra que pueda ser usada en su contra.

Esperamos media hora hasta que aparecen dos patrullas policiales más, en una de estas, el mismo *sheriff*. Llega con mala cara y pésima actitud. Trata muy mal al sospechoso. También comienzan a aglomerarse muchas personas en las afueras de la casa, buscan desesperadamente saciar su necesidad de conocer el nuevo chisme completo. Quiero acelerar el proceso e irme a un hotel, pero entiendo que no soy la única persona que está cansada y estresada.

Lucía, los policías, Bob y yo nos mantenemos en la sala mientras hablan con el sospechoso. Después se supone que lo harán con nosotras.

—¿Por qué la mataste? —interroga Williams, el *sheriff*.

—No hablaré hasta tener un abogado —dice Junior de forma categórica.

—¿También la violaste? —pregunta otro oficial.

El muchacho no responde ni levanta la cabeza para mirarlos. Williams se molesta y lo alza bruscamente por la camisa.

—Conozco a sus padres. ¡Dime!, ¿cómo voy a decirles que un malnacido violó y asesinó a su hija? —pregunta con furia.

Los otros oficiales, en especial Marlon, el más joven, intentan calmar a su enardecido jefe. Mi vecina observa todo muy callada, debe estar grabando los detalles que por meses contará. Bob duerme sobre mis piernas en uno de los muebles, el pobre está exhausto. Noto que entre Junior y Williams hay algo más, por la forma en que el primero mira al segundo; hay rabia en sus ojos. Aunque podría ser cualquier cosa.

Luego de entender que no lograrían sacarle nada al sospechoso, van por nosotras. A mí me piden que, en presencia de un agente, tome las cosas más importantes que necesite llevarme que no estén comprometidas directamente con la escena del crimen. Después me piden que pase a dar mi declaración oficial al otro día y, por último, me dejan marcharme. Ellos también lo hacen, por la puerta del frente y con Junior esposado para que todos puedan verlo.

Bob y yo nos montamos en mi magnífica camioneta Toyota modelo Tundra. Pienso por unos segundos a dónde ir, hasta que recuerdo el hotel donde Donald se hospeda y salgo para allá.

El cansancio me hace manejar con velocidad para llegar rápido. En cinco minutos estoy en el Sundown Lodge, pero necesito diez más para lograr que un lento empleado de turno me atienda.

Mientras camino a mi habitación, me entra la curiosidad de saber en cuál estará Donald y qué estará haciendo.

Si bien estaba muerta del cansancio y rogaba por una cama en donde descansar, cuando me acuesto, no logro dormir. La ansiedad que había abandonado mi cuerpo regresa. Cientos de preguntas se anidan en mi cabeza y mis pensamientos tranquilos empiezan a distorsionarse. Aunque todo parece estar resuelto a simple vista, mi intuición me sugiere que algo no encaja. No existe razón lógica para que Junior se quedara escondido en el clóset, a menos que quisiera ser capturado. Algo lo asustó. Quizá lo más sensato sería pensar que fui yo cuando llegué con Lucía y Bob. Él tampoco tenía manchas de sangre en la ropa.

Tuve que destapar una de las botellas que compré y bebérmela casi toda para poder dormir un poco. Fue la única manera de apagar mi escandaloso cerebro.

~

Eureka High School
Viernes

La resaca me está matando lentamente, no debí tomar tanto.

Mientras me estaciono, puedo notar el gran cambio en el ambiente de la preparatoria. La conmoción de la noticia es grande, el colegio está de luto. Hay muchas caras tristes, serias o confundidas. La mayoría no pueden disimular y se me quedan viendo por ser la dueña de la casa donde apareció asesinada una de las estudiantes y el principal sospechoso.

La secretaria de la directora me localiza antes de que pueda buscar dónde tomar el agua que mi cuerpo deshidratado necesita con urgencia y me hace ir con su jefa.

—¿Estás bien? —pregunta Miriam, la directora.

—La verdad no, señora Miriam.

—Es muy comprensible, Amanda. Sabes que no tienes que venir, sin embargo, que lo hagas es bueno para los estudiantes. Necesitan un ejemplo de fortaleza en estos tiempos tan oscuros.

Me repite varias veces que puedo tomarme los días que necesite, pero le insistí en que no hacía falta. Al salir de allí fui a buscar agua con desespero y bebí en demasía.

Al llegar al salón de Biología, donde doy clases, saludo a mis pequeños estudiantes de primer año de preparatoria. Unos lucen afectados; otros, emocionados por los eventos del día anterior. Intentan hacerme preguntas, pero les advierto que no puedo hablarlo con ellos. Les doy la hora libre para que conversen con tranquilidad y se desahoguen.

Escucho de Silvia, una de las alumnas más chismosas de la clase, que el muerto en la calle era estudiante del último año, amigo de Junior, y al parecer tenía una relación con Christine Smith. Lo que confirma mis sospechas de que algo más ocurrió. Solo podré averiguarlo si hablo con el muchacho.

Uso otro teléfono en Eureka; este repica. Aunque el número es desconocido, creo saber de quién se trata.

—… Sacks.

Por poco contesto diciendo Pons. La tensión está provocando que mi subconsciente busque tomar el control.

—¿Estás bien? Es Donald. Hasta ahora me vengo enterando.

Le afirmo que sí y quedamos en vernos en el receso.

Cuando toca el timbre que lo anuncia, me dirijo a la sala de descanso de los profesores. Todos me preguntan y comentan sobre lo mismo. La mayoría para tener más detalles del chisme. Por otro lado, reiteran la misma información que me dio Lucía: Daz fue tiroteado en la esquina de la calle principal del pueblo, presuntamente por problemas con el narcotráfico y un cartel mexicano. Daz no gozaba de buena fama.

—¿Se enteraron de que en el psiquiátrico hubo otro suicidio? Nos cayó una maldición en Eureka —informa de manera dramática la profesora Rebecca Sanz.

—¡Dios nos libre! —suelta Jenna Hoffman, profesora de Educación Física.

Aquella noticia me produce una punzada en la cabeza y solo espero estar equivocada. Ahora tengo más necesidad de ir a la estación policial y al psiquiátrico. El problema es que no puedo investigar como en los viejos tiempos, no puedo hacer demasiadas preguntas sin levantar sospechas.

Este pueblo perdió la tranquilidad en menos de veinticuatro horas. Si las cosas siguen así, no pasará mucho tiempo para que algunos de mis colegas del FBI hagan acto de presencia.

Comienzo a sentir ansias con más frecuencia, las manos me sudan y mi cabeza imagina demasiado.

3

¿AHORA ENTIENDES POR QUÉ QUERÍA TRAERTE?

Por un momento me mareo, las piernas me flaquean y pierdo el equilibrio. Donald, que justo llegaba a mi lado, logra tomarme por los hombros para evitar mi caída. El no haber dormido mucho, tampoco desayunado, y la deshidratación están pasándome la factura. Él amablemente me acerca una silla para que tome asiento y me trae un vaso con agua, que bebo desesperadamente. Otros profesores se me acercan a preguntarme cómo me siento. Creen que mi estado se debe a lo que ocurrió en mi casa, en parte es verdad, pero no por lo que ellos piensan.

—¿Estás bien? Aunque sé que no, debo preguntar —dice Donald al inclinarse a mi lado.

—He estado mejor, pero no te preocupes. Solo necesito un poco de tiempo para recuperarme.

—Conocía a Christine, era una buena muchacha y excelente en dibujo técnico. Daz no era una joya, pero tampoco se merecía ese final —comenta él.

—¿Sabes algo más sobre lo que les pasó? —le pregunto.

—Lo mismo que tú. Aunque a ti te tocó la peor parte: la encontraste. ¿Quieres hablarlo?

Preferiría que no, pero me gustaría tener a alguien con quien poder conversar para tener otro punto de vista, y él parece confiable. Aunque no le contaré nada que revele mi identidad.

—No lo sé. Supongo que puedo intentarlo —le contesto.

—Tienes demasiadas cosas adentro, ¿no? Pero que no son fáciles de hablar.

—Así es. No se me da muy bien eso de abrirme emocionalmente a otras personas —digo mirándolo con firmeza.

Se le dibuja una media sonrisa y me extiende su mano. La tomo y me lleva afuera de la escuela sin liberarme. Alumnos y profesores se nos quedan mirando por donde pasamos, es incómodo, pero me gusta. Le pregunto hacia dónde vamos, él solo me indica con señas que debo esperar. Al llegar al estacionamiento me abre la puerta de su carro e invita a pasar.

—En menos de media hora debemos regresar —digo con algo de seriedad. Soy muy responsable con cualquier trabajo.

—Regresaremos a tiempo. Recuerda que todo es cerca aquí. Por favor.

Me subo, sintiéndome algo escéptica.

Donald lo toma con calma, conduce sin apresurarse y en silencio. Pensaba no hablar en el camino, pero noto que estamos saliendo de Eureka.

—Dijiste que regresaríamos a tiempo, Donald. No quiero…

—Mentí, bienvenida al mundo real. Amanda, acabas de pasar un evento muy traumático, ni siquiera deberías estar en el trabajo. Solo quiero mostrarte un lugar muy cerca y tardaremos allí el tiempo que tú decidas. ¿Te parece? —pregunta sonriendo.

No me convence su argumento, lo hace su sonrisa. Le digo

que está bien y me dedico a buscar una emisora decente en la radio. Una que no transmita más música *country*, esas canciones empiezan a enloquecerme, ya que es lo que regularmente escuchan en este pueblo, y quizá sea así en todos.

No mintió, fue un viaje bastante rápido. Al pie de una empinada y gran colina, nos detenemos y bajamos. Donald toma una caja de los asientos traseros. Me es imposible no sentir desconfianza al no conocer su contenido, y también por el hecho de estar solos en un lugar poco frecuentado. Él tuvo que notarlo porque de inmediato abre la tapa y me enseña unos grandes audífonos.

—Ya entenderás. Solo debemos subir hasta la cima —dice y me extiende la mano.

—Puedo sola, no te preocupes.

—Esa es mi chica —dice asintiendo.

Me gustó como sonó y se me escapa una sonrisa.

Caminamos unos dolorosos quince minutos para lograr llegar cerca de la cima. El esfuerzo me hace dar cuenta de que mi cuerpo ha perdido notablemente su condición física; debo empezar a trotar en las mañanas y hacer algunos ejercicios. No me siento segura al no estar apta para la supervivencia.

El cansancio me agobia, pero al dar el último paso, al pararme en la cima y mirar la vista del lugar, siento un baño refrescante de energías. Es hermoso, te sientes enorme y muy pequeña al mismo tiempo. Me produce una alegría que no comprendo ni puedo contener. La visión es de trescientos sesenta grados. Eureka luce más pequeña y simple a la distancia; más montañas se alzan en cualquier dirección, los bosques son voluminosos y hacia un lado está la mina de oro.

Después de satisfacer a mis ojos con el magnífico paisaje, poso mi atención en Donald, quien me mira fijamente y en silencio, sonriendo como un tonto. Me hace sonrojar.

—¿Ahora entiendes por qué quería traerte? —me dice.

—Perfectamente, Donald. Gracias.

—Es mi lugar favorito en esta parte del país. Lo descubrí por casualidad cuando mi auto se averió cerca. Desde entonces vengo aquí cada vez que necesito despejarme y pensar.

—¿Tengo que pedirte permiso cada vez que quiera volver? —le pregunto en un tono de burla.

—No, pero me encantaría acompañarte —responde con voz apacible.

—Entonces deberás comprar una tienda porque quizá tenga que venir muy seguido.

—Siempre te estás metiendo en problemas, ¿no? —me pregunta.

—Antes los buscaba, ahora ellos me encuentran a mí. Vine a este pueblo porque quería tener paz, ¿me entiendes?

—Perfectamente. Vinimos por la misma razón.

Le pregunto para qué son los audífonos y me dice que son para él, para no escucharme. No lo entiendo al principio, pero me explica mejor.

—Yo me los pondré y tú te pararás en aquel extremo. Gritarás con todas tus fuerzas todo lo que tengas adentro. Tus dudas, tus traumas, tus rabias, lo que odias, lo que no olvidas, lo que perdiste.

Me inquieta.

—¿Por qué crees que he pasado por tanto, Donald? ¿Qué sabes de mí? —pregunto con recelo.

—Lo que saben todos, que encontraste a una alumna asesinada en tu cama y que viniste a Eureka de vacaciones, pero te quedaste porque encontraste la tranquilidad que buscabas. Lo que significa que en donde estuviste pasaron cosas no muy agradables. Quizá algún día me lo cuentes todo, Amanda.

Estoy muy a la defensiva últimamente. Le pido disculpas y,

después de negarme varias veces, logra convencerme manipulándome con quedarnos hasta que lo haga. Sin más opciones y estando totalmente segura de que no podrá escucharme por el fuerte volumen en sus audífonos, grito. Primero suave y con timidez, pero aumentando la fuerza.

—Rachel, Rachel, ¡Rachel! ¡Hermana! —grito fuerte y hasta que pierdo la voz.

Puedo sentir como crece la euforia dentro de mí y continúo soltando todo lo que llevo acumulado desde el día que se llevaron a mi hermana, las mujeres que no pude salvar, por mi madre, por el imbécil padre que me tocó, por haber estado presa, por quienes me juzgaron, por Josh Cook y por Jerry Hawk. Saco todo lo que tengo, quedo sin energías y termino llorando de rodillas ante uno de los paisajes más hermosos que he visto. Entonces siento sus manos en mis hombros. Me levanta y me da un inesperado pero reconfortante abrazo.

—Ya pasó, Amanda. Sacarlo de adentro es el primer paso para liberarte.

Me sirvió de mucho desahogarme, me sentí un poco mejor con respecto a las cosas de mi pasado. Nos quedamos conversando un rato más y descubrí que ese hombre me comenzaba a atraer más allá de lo físico.

Nos tardamos en total casi una hora y media en ir y volver a la preparatoria.

~

Departamento de Policía
1:00 p. m.

. . .

El lugar es solo un poco más grande que una casa regular en Nueva York. Tiene unos cuantos escritorios, la mayoría desocupados; los equipos informáticos son muy antiguos; y nada más he visto a dos policías aparte del *sheriff*. No creo que puedan hacer un gran trabajo investigativo para encontrar a los verdaderos responsables de los homicidios de ayer, tampoco veo motivación.

Ya llevo un buen rato respondiendo las tontas preguntas de Williams.

—¿En dónde estuvo después de la consulta en el psiquiatra? —pregunta el *sheriff*.

—Fui a pescar al White River.

—¿Sola? ¿Hay testigos?

—Con mi perro, pero allá me encontré con varios conocidos. Entre ellos, un profesor de la preparatoria que puede dar fe de mis palabras.

—¿Donald Anderson? ¿Con quien salió tomada de la mano en su horario de clases con rumbo desconocido esta mañana? —pregunta Williams.

Me resulta interesante lo rápido que corren los chismes en el pueblo, y más interesante aún es la forma en que me lo pregunta. Me provoca gracia y sin querer sonrío, lo que hace que él cambie su mirada.

—Respóndame ahora mismo, señorita Sacks. Aproveche mientras todavía somos amigos —dice retándome.

El hombre no tiene buena apariencia, es feo. Sus actitudes a veces son desagradables, hace poco se olió las axilas frente a mí y ahora lo veo limpiarse la nariz. También me parece poco inteligente y algo tonto, por lo que en vez de sentirme amenazada con sus palabras solo me producen más ganas de reír, pero me controlo porque necesito averiguar más y salir de aquí tan pronto como hable con Junior, si me dejan.

—Así es, Williams. Me encontré con el profesor Donald en

el río y esta mañana salimos juntos de la preparatoria, ¿ese es algún delito?

—Eso lo decidiré yo, la ley. Usted y el señor Anderson son unos forasteros que llegaron hace unos meses, y ahora aparece una pobre muchacha a la que él le daba clases muerta en su casa. ¿No es muy sospechoso?

La verdad sí lo es, bastante, diría yo.

—Demasiado sospechoso —digo en tono de burla—. ¿Conoce a Arthur y Benjamin?

—¿Quién no conoce a esos viejos locos?

—Ellos estuvieron con nosotros pescando. Después Donald y yo cenamos en el restaurante al frente del hotel Sundown Lodge. Puede ir a preguntar para que no pierda más tiempo sospechando cosas absurdas —le digo con firmeza.

Él baja un poco la guardia; yo también a mi mal tono. Me pide disculpas por su forma de interrogar y alega sentirse presionado por las familias de las víctimas, quienes le claman por respuestas. Dice no tener dudas de la culpabilidad de Junior en el caso de Christine, a pesar de no haber hecho un peritaje exhaustivo en mi habitación. Le comento mis inquietudes acerca de aquello: Junior no tenía manchas de sangre, y quien quiera que haya asesinado a la muchacha debería tener salpicaduras. Le pregunto si la autopsia reveló violación, pero él me informa que el cuerpo apenas fue enviado a otro pueblo para realizar el procedimiento y que tardará, al menos un día más.

Acerca del joven asesinado a tiros en la calle, me confiesa no tener la más mínima idea de quién o quiénes pudieron haberlo hecho. Lo que me causa curiosidad, puesto que todo el pueblo habla de negocio de drogas. Sugiere una tonta teoría: que fue Junior quien mató a tiros a Daz porque este tenía una relación con Christine, de quien él estaba enamorado. Luego la buscó a ella, la violó y asesinó.

Le pido que me deje hablar con Junior, me lo niega porque el muchacho está siendo preparado para ir al tribunal y ser imputado por los cargos de homicidio. Así, sin pruebas contundentes. Insistir en que faltan evidencias no cambiará nada, debo yo misma encontrar al culpable o será encerrado una vida entera.

Williams me da más detalles del suicidio en el psiquiátrico y me confirma mi temor, que fue Jeffrey quien se quitó la vida. Se cortó el cuello.

No me lo creo y me lo niego. Él estaba bien, se veía lúcido. Me siento culpable por no haberle dedicado un poco más de tiempo y atención.

Voy a averiguar qué demonios ocurrió.

4

AYÚDAME

SALÍ furiosa de la estación manejando mi camioneta. Tengo muchas preguntas y ninguna respuesta, tampoco puedo utilizar mi placa para conseguirlas. Si trajera a mi equipo del FBI, resolveríamos todo en cuestión de días, pero si lo hago, se acaba mi tiempo en este lugar.

Cuando llego al psiquiátrico, un furgón negro parte del lugar. Llama mi atención porque luce nuevo, no tiene placas y quienes lo manejan tienen un aspecto muy diferente al de los lugareños. No son comunes los autos nuevos ni los extraños en Eureka.

Entrar al instituto me recuerda el significado de la frase «la vida sigue». Todo luce con increíble normalidad, como si no hubiera muerto nadie el día anterior, como si la existencia de Jeffrey fuese olvidada en menos de un día. Los pacientes pasean por los jardines, los enfermeros los cuidan y otros empleados continúan con la remodelación.

Investigo, intentando conseguir información sobre Jeffrey, pero me es negada por los empleados sin importar mi insistencia. Por no ser familiar ni una figura de autoridad, pueden simplemente ignorarme. Tanto hermetismo me produce inquietud y recordar el último comentario de Jeffrey hace que se me creen más dudas, aunque no estoy segura de por qué. Pero no me pienso rendir tan fácil.

Vuelvo al jardín para pensar y observar con más detenimiento el funcionamiento del lugar. Me siento en la mesa donde jugamos ajedrez la última vez. El tablero sigue en el mismo sitio con las fichas exactamente como terminó la partida, mi rey acorralado en una esquina y él haciéndome jaque mate con su reina. Puedo imaginarlo al frente de mí. Recordarlo me enfurece y vuelvo a mi misión. Mientras cuento los pisos del instituto, una mujer comienza a liberar sollozos y luego gritos escandalosos.

—¡No, no, no! ¡Jeffrey gritaba no, no, no! —Se tira al suelo y se jala los cabellos.

La piel se me eriza. Me apresuro hacia ella e intento levantarla, pero me suelta un manotazo y se aleja. Es notorio que sufre de una grave enfermedad mental, sin embargo, es todo lo que tengo. Vuelvo a tratar de detenerla para preguntarle qué sabe y esta vez me toma de la mano y busca morderme.

—¿Qué le pasa? ¿Quiere perder unos dedos gratis? —pregunta un enfermero que llega corriendo para sedar a la paciente.

—Solo quiero saber…

La mujer eleva sus gritos y lucha por zafarse del hombre que sostiene una jeringa con los dientes.

—Aléjese, por favor —pide otra enfermera que llega como refuerzo.

En ese instante, los demás pacientes mentales también empiezan a gritar, saltar y lanzar cosas. Es como un zoológico. Es escalofriante estar en el medio de aquello y vuelvo al interior del edificio, donde la locura es mejor contenida. Lo que dijo esa mujer provoca que nuevas preguntas se formen en mi cabeza. ¿Por qué gritaba Jeffrey? Aunque son muchas las posibles respuestas, la más sencilla es porque estaba enfermo.

Decido no perder más tiempo e ir a hablar con mi psiquiatra y dueño del lugar. Creo que tenemos una buena relación paciente-médico, debería darme una respuesta que aplaque mis inquietudes. Cuando entro en el ascensor y mientras espero llegar al último piso, me doy cuenta de que hay un nivel sótano al que ninguna escalera va, el único acceso es por este elevador, pero se necesita una tarjeta. Antes de siquiera poder formular un pensamiento al respecto, las puertas se abren y la odiosa secretaria del doctor Sam me saluda, preguntándome qué hago aquí.

—Hoy no tiene cita, señorita Sacks.

—Lo sé y no importa. Solo necesito unos minutos con el doctor Sam.

—¡No puede pasar! El doctor está ocupado —advierte y se coloca en el medio.

—No te conviene meterte en mi camino —digo acercándome más.

—¿Y cómo me piensas quitar? —pregunta desafiante.

Me ha caído tan mal desde el primer día que por instantes pienso en mi pistola. Afortunadamente para ella, el doctor Dean sale de su consultorio al escuchar el escándalo. Ella trata de explicarlo, pero él no le presta atención.

—¡Amanda! Menos mal viniste. Quedé muy preocupado después de escuchar la noticia de lo que ocurrió en tu casa. Vente, pasa.

Entretanto, camino hacia el consultorio, miro a la secretaria y le sonrío. Quiero preguntarle directamente a Sam, pero no debo hacerlo así, con algo de sutileza tendré más suerte. Por otro lado, le tengo respeto y cierto aprecio. Es un hombre mayor que me trató con mucho tacto desde que llegué aquí, en mi peor momento. Supo guiarme para que lograra calmar mis ansiedades, a enfocar mis energías y a utilizar mejor el tiempo. Me ayudó a cambiar y a sanar.

Sin embargo, necesito respuestas rápido o voy a enloquecer; una muchacha apareció asesinada en la cama donde dormía y quieren culpar a Junior, quien tiene más relación con Daz, el muchacho baleado en la calle. Mi amigo Jeffrey se veía bien, sobrio y lúcido, lo único que me hizo dudar de su buen estado fue su comentario antes de irme, el mismo que abre las posibilidades a un homicidio. La pregunta es por qué, por qué lo matarían a él o desaparecerían a otros pacientes. No tiene sentido. Además, la profesora Rebecca dijo: «otro suicidio». Jeffrey es solo otro nombre en, al parecer, la lista de suicidios en el instituto.

—Estás más callada de lo normal. ¿Cómo te encuentras? —pregunta él y se coloca al frente de mí, recostado en el escritorio.

—No me encuentro bien, doctor —respondo, pero no porque hayan asesinado a alguien en la que era mi cama, sino por todas las preguntas sin respuestas que se derivaron después de ese suceso y porque últimamente vuelvo a tener la sensación de que me observan, de que no estoy segura.

—Cuéntame un poco de ti, ¿cómo te sientes? Dime tus inquietudes. La otra vez no quisiste, pero puedes utilizar cualquier objeto o máquina en este consultorio. Siéntete libre.

No me importó ser un ratón de laboratorio por una vez. Me monté en la cinta caminadora y liberé un poco mi estrés. Sin darme cuenta la situación se convirtió en una consulta. Le conté las cosas que sentía como Amanda Sacks. Pero es bueno descifrando a las personas, fácilmente notó que no me espantó o asustó lo ocurrido.

—Entonces, doctor. ¿Qué ocurrió con Jeffrey?

Él toma asiento, se quita los lentes y suelta un suspiro.

—Qué tragedia, ¿no? Tengo entendido que ustedes dos se llevaban bien, varias veces los vi jugando ajedrez.

Mi silencio y mirada seria hacen que deje de esperar una respuesta sin importancia de mi parte.

—Solo sé lo que me dijeron los enfermeros. Logró obtener un pedazo de vidrio de un espejo y se cortó el cuello. Murió desangrado —dice el doctor.

—Él parecía estar bien. Se iba a casa mañana —le comento.

—Así son los esquizofrénicos. A veces parecen estar bien y luego ocurre una tragedia. Cada vez que pasa algo así es un duro golpe para mí. Mis esfuerzos no son suficientes.

Sam continúa lamentándose un poco más hasta que le digo que debo marcharme. Entiendo que él no me dirá algo de utilidad, debo encontrar información de otra manera. Antes de irme, me notifica que los exámenes de sangre salieron bien y me pide que no me fuera del pueblo todavía, que quería unas consultas más para asegurarse de que me iba en buen estado. Me pareció extraño, ya que ayer me preguntaba cuándo pensaba volver a Nueva York.

Cuando salgo del estacionamiento del instituto, una mujer se me atraviesa con las manos arriba. De no haber reaccionado a tiempo me la habría llevado por el medio.

—¿Quieres que te ma…?

La reconozco, es una de las enfermeras. Mi corazón se acelera al entender de que si me busca es porque quiere hablar. Sin pensarlo, le pido que se suba para ir a un lugar tranquilo.

—¿Cómo te llamas? —pregunto.

—Mary. —Iba a presentarme, pero me detiene con un gesto de su mano—. Soy relativamente nueva en el trabajo. Jeffrey era uno de mis pacientes. Desde hace unos días había comenzado a mencionar que una tal Ainara Pons lo ayudaría a descubrir qué estaba ocurriendo en el psiquiátrico. No le presté atención, ¿por qué lo haría? Entonces dijeron que se suicidó. Busqué ese nombre en Internet y salieron cientos de noticias con tu fotografía.

—Mucho gusto, soy Ainara Pons —digo y le extiendo la mano.

Me explica que está noventa por ciento segura de que Jeffrey no se suicidó. Notaba grandes mejorías a diario en él: mejor humor, más colaborativo, se tomaba sus medicinas y hasta volvía a estudiar con sus viejos libros. También me comenta lo del piso subterráneo, al que solo un pequeño grupo tiene acceso, los empleados de más confianza y por lo general los del turno nocturno. Casualmente, las horas en que ocurrió el supuesto suicidio. Todo lo que me dijo me confirmó dos cosas; la primera, algo oscuro está pasando en ese instituto; y la segunda, que voy a averiguarlo.

Le agradecí su valentía y quedamos en que sería mi agente interna en el lugar, mis ojos y oídos.

Después de dejarla en su casa, salí en dirección al hotel.

Estoy cansada y tengo demasiadas ideas en la cabeza que necesito organizar con una buena ducha. Espero que Sam no tenga nada que ver con lo que sea que esté ocurriendo en su instituto, porque lo haré caer a él o a los responsables.

Mientras medito mis posibles acciones en la parada de un semáforo, veo en el cruce del frente a una patrulla que viene en sentido contrario. La maneja Marlon y en la parte trasera está Junior. Lo deben estar llevando al tribunal. La luz se les pone en verde y cruzan hacia su izquierda pasando al frente de mí. El muchacho se ve mal. Nos quedamos mirando y puedo leer en sus labios cuando me dice «ayúdame». Trago saliva con impotencia, y en ese instante pasa una camioneta a gran velocidad que choca la patrulla. El sonido del impacto me hace pegar un brinco en el asiento. Me quedo inmóvil hasta que observo a dos sujetos armados con fusiles de asalto bajarse del vehículo agresor.

Por suerte saqué mi arma del cuarto ayer en la noche. No dudo, en dos segundos la tomo y me apeo, de inmediato ya estoy gritando mientras apunto.

—¡FBI! ¡No se muevan!

Mis impulsos suelen meterme en aprietos, cada vez me supero en grande. Los encapuchados comienzan a disparar antes de haberse girado completamente hacia mí. No tengo chaleco ni más de dos cartuchos. Vuelvo al interior de mi camioneta y me cubro detrás del asiento. La intensidad de los disparos es impresionante, pero muy pocos dan en la carrocería; no buscan matarme, solo quieren que no les estorbe. Al pasar unos segundos se escuchan disparos de revólver y los de fusiles se detienen por un instante. Vuelven a iniciar, pero ya no impactan contra mi Tundra. Veo por el parabrisas agujereado que atacan a la patrulla. Acelero y el poderoso motor me ayuda a atropellar a uno de los hombres, que no tiene oportunidad de esquivarme. Quedo cerca de la patrulla.

Me bajo y ayudo a Junior a salir de la parte trasera, entretanto, Marlon nos cubre valientemente. Del vehículo agresor se bajan dos hombres más.

—¿Están heridos? —pregunto mientras disparo a los agresores para repelerlos.

—¡Eso no importa! ¡Vámonos, que vendrán más y nos van a matar a todos! —grita Junior con denotado pánico en su rostro.

Marlon se me queda mirando extrañado, intentando comprender quién soy realmente, pero la situación no le permite indagar.

—Suban en la camioneta. Los cubro y los sigo —ordena él.

No lo pienso. Mientras los disparos nos pasan cerca, silbándonos, Junior y yo corremos hacia la Tundra. Lo lanzo en los puestos traseros y me apresuro al volante. Las balas impactan en todos lados, los pedazos de vidrio no paran de saltar por los aires.

—¡Marlon, ya! —suelto.

—¡Apúrense! —grita Junior con desespero.

Marlon corre hacia nosotros, pero le logran dar en una pierna y cae. Cuando voy a bajar por él, más balas le dan y queda tendido. Otras camionetas se acercan por la avenida principal. Un copiloto saca medio cuerpo por la ventana y nos dispara. Me agacho en el asiento para cubrirme y contar hasta tres. Cierro los ojos, respiro profundo y pienso.

5

¿FUISTE MILITAR, POLICÍA O ERES DE LA CIA?

—¡ARRANCA, vámonos! —grita Junior desesperado y con pánico.

—... Tres. —Abro los ojos.

Me levanto del asiento apuntando hacia la ventana de mi puerta. Uno de los hombres se acerca, le disparo en la cabeza antes de que logre reaccionar. Vuelvo a respirar profundo, apunto al vehículo que viene de frente y disparo tres veces hasta que le doy al piloto y pierden el control. Choca contra un poste de luz. Escucho sirenas policiales aproximándose. Yo arranco con el pedal hasta el fondo, llevándome un auto y quitándolo del medio. Gracias al poderoso motor de la camioneta, mi velocidad no baja de los ciento veinte kilómetros por hora, en las rectas llego a doscientos. Continúo así hasta sentir que no existe posibilidad de que me estén siguiendo, hasta que logro tranquilizarme un poco.

Me meto por un camino de tierra y avanzo por una zona boscosa. Solo me detengo porque el espacio no me lo permite más. Tapo la camioneta con ramas y corro con Junior hasta que las piernas no nos dan más, sin hablarnos por el camino.

Le ordeno que tome asiento.

—¿Quién eres? —pregunta.

—Yo haré las preguntas, pero te regalaré esa. Soy la agente especial del FBI Ainara Pons.

—¿Estabas investigando el caso?

Me quedo callada, él baja la mirada. Es solo un muchacho, así que no debo ser tan dura, él está bastante asustado, su futuro y vida corren peligro.

—Estaba de vacaciones hasta que apareció Christine Smith asesinada en mi cama y tú saltaste de mi clóset sobre Marlon. Acaba de morir un hombre inocente, se acabaron los juegos, solo escucharé tus explicaciones. Comenzarás desde el principio, no te saltarás nada, yo decidiré qué es importante y qué no. Pero primero dime qué ocurrió en mi cuarto.

Junior traga saliva y respira hondo.

—Fue la peor hora de mi vida. Daz, mi amigo, vendía drogas para unos narcotraficantes que trabajan en las minas, conectados con un cartel mexicano de Tijuana. En los últimos meses comenzó a consumirse la mercancía y les pagaba incompleto. Ellos le daban más para que lograra reponer, pero sucedía lo contrario, aspiraba más cocaína. Aunque sé que llegó a guardar cinco kilos, a pesar de todo. Intenté muchas veces advertirle del peligro; esos tipos siempre me dieron miedo. Ayer estábamos fumando dentro del carro, afortunadamente yo me encontraba orinando cuando vi que llegaron en una camioneta; escuché los gritos, vi cuando lo bajaron y luego los disparos. Sin querer solté un grito, ellos me vieron y yo salí corriendo. Me escondí en una casa, la tuya. Media hora después escucho que están abriendo la puerta y solo pensé en esconderme, el armario fue lo único que se me ocurrió, no sabía quién vivía ahí.

—¿Escuchaste llaves o forzaron la puerta? —le pregunto.

—Tenía llaves.

Siento escalofríos al escucharlo. Ahora tengo ochenta por ciento de seguridad de que es Hawk. ¿Quién más se tomaría tanto trabajo para planear y ejecutar algo de esa manera? ¿Cómo no lo he visto en el pueblo? Él es grande y llamativo. Todo se está complicando demasiado.

—¿Quién tenía llaves? —pregunto y la piel se me pone de gallina.

—Aunque estaba oscuro, podía ver toda la habitación por las rendijas del clóset. Entonces él llegó con un enorme saco al hombro. Yo solo pensaba en cómo huir de allí hasta que él abrió el saco y vi a Christine amarrada, golpeada, llorando y semidesnuda. Yo quería ayudarla. Deseaba ser valiente. Pero el hombre era muy grande, todo en él me daba miedo…

Junior comienza a quebrarse y a llorar, liberando la adrenalina. Ha pasado por mucho en menos de veinticuatro horas. Lo calmo con palabras de consuelo y le pido que continúe.

—Ella no dejó de llorar mientras la violaba, y aunque sé que era imposible por la oscuridad, en un momento sentí que pudo verme a los ojos a través de las rendijas cuando su cara quedó mirando en mi dirección, luego de que él le enterrara el cuchillo varias veces —describe Junior.

—¿Viste algo más del sujeto, algún detalle? ¿Por qué no dijiste eso en vez de saltar sobre Marlon?

—Estaba oscuro, todo lo que pude ver fue gracias a la poca luz que entraba por la ventana del cuarto; no me iban a creer y tontamente pensé que, si no podía escapar, al menos en la estación de Policía estaría a salvo de los narcotraficantes mientras se me ocurría algo más —confiesa el muchacho.

Si es Hawk, debió haberme dejado alguna nota o algo para que no tuviera ninguna duda de que fue él. Tengo que buscar a Bob y regresar a la casa para encontrar lo que me haya dejado.

—¿Cuál es el plan? —pregunta.

—No puedes volver al pueblo en estos momentos. Te busca la Policía y unos narcotraficantes armados hasta los dientes.

—¿Llamarás a tus amigos del FBI?

—No todavía. ¿Vives solo? —le pregunto.

—Sí, paso nueve meses al año solo. Bueno, antes Daz era quien me hacía más compañía.

Conversamos por un par de horas hasta que el anochecer comenzó a hacerse notar y le digo que tengo que marcharme. Vamos a mi camioneta. Le entrego algunas provisiones para pasar la noche y le dejo mi teléfono, el que no he encendido en meses, y le pido que solo lo utilice si no he vuelto antes del mediodía de mañana. Lo tomo por los hombros y le digo lo más seria posible:

—Junior, sé que tienes diecisiete años, que crees que eres un adulto y que puedes resolver ciertas cosas por tu cuenta, pero entiende algo, esta no es una de ellas. Si te vas de aquí y no me esperas, estarás solo y no terminará bien.

El muchacho respira profundo mientras me mira fijamente, analizando sus opciones, o si es inteligente, entendiendo que no tiene ninguna otra.

—Te esperaré hasta el mediodía de mañana, Ainara.

Me dice que le gusta la camioneta y que es una pena el estado en el que la dejaron los narcotraficantes. Me hace recordar a mi viejo Fusion, como quedó después de que le prendiera fuego. Le advierto que cuando salgamos de los problemas me ayudará a repararla y me subo en ella para irme.

No tarda mucho en irse mi buena suerte, una de las llantas se desinfla por completo, por suerte cuando estoy llegando a la carretera. Aunque no tengo herramientas.

Luego de veinte minutos de zozobra y como si Dios me los pusiera en el camino, los viejos locos Arthur y Benjamin, que trabajan como camioneros, pasan y se detienen para ayudarme.

—¡Amanda! ¡La profesora más guapa de Eureka! —exclama Benjamin.

—Debes tener menos de un minuto aquí, porque de lo contrario no entiendo cómo ningún otro hombre se detuvo antes para ayudarte —dice Arthur.

Cuando se acercan más y notan el estado de mi vehículo, se miran entre ellos perplejos y confundidos.

—Preciosa, ¿qué demonios? ¿Fuiste a la guerra sin nosotros? —pregunta Arthur.

—Y parece que ganaste —suelta Benjamin.

Les resumo brevemente lo ocurrido con Junior, pero contándoles la versión que le daré a la policía; Junior saltó de la camioneta y escapó. Mientras Benjamin desmonta la llanta, Arthur saca unas cervezas que llevan escondidas en uno de los compartimientos secretos del camión. Me pregunta cómo estoy, lo hace de forma muy curiosa, evaluándome.

—Todavía nerviosa, con miedo. No puedo creer por lo que pasé —digo intentando parecer nerviosa.

El viejo zorro me mira y sonríe descaradamente, no me cree.

—¿Fuiste militar, policía o eres de la CIA? —pregunta y me pasa una cerveza—. Cualquier otra profesora de cualquier parte del mundo estaría muerta del miedo después de pasar por algo así, tú luces como si acabaras de salir del cine, y nadie corriente se hubiera metido en un tiroteo semejante para ayudar a alguien —dice Arthur.

—Puedes confiar en nosotros, Amanda. Estamos del mismo lado —asegura Benjamin, ya empezando a colocar la llanta de repuesto.

Tomo de la cerveza mientras pienso qué responder. Ellos saben de lo que hablan. Atravesaron y sobrevivieron en los campos de guerra más crueles, reconocen a otro guerrero fácilmente. No puedo engañarlos, pero tampoco debo decirles la verdad exacta.

—Fui policía en Nueva York. Cuando vi que atacaban la patrulla del oficial Marlon no pude evitar intentar ayudar a un excolega…

Arthur me interrumpe.

—¿Policía? Esas marcas de bala son de rifle de asalto, ningún policía se le mide a eso…

—Viejo loco. Déjala en paz, después nos lo contará. Seguro ahora tiene cosas más importantes que hacer que hablar con un par de vejestorios. Princesa, está listo, pero tienes fugas en el radiador, en la liga de frenos y de aceite. Todavía rueda porque es una bestia de camioneta, otro vehículo no hubiese soportado.

Arthur me insiste en que le cuente la verdad y, al no conseguirlo, me da su número de teléfono para que lo localice si necesito algún tipo de «auxilio». Lo que me podría ser de ayuda si las cosas se complican demasiado, algo que veo muy probable dada la situación que se está desarrollando. Me marcho derecho al pueblo.

Cuando llego a la estación de servicio, solo estaba un hombre encargado dentro de la tienda. Le comento la situación, y como no tiene clientes ni nada mejor que hacer, acepta echarle un ojo a la camioneta para ver qué puede hacer.

—¡Eres tú la mujer de la que todos hablan! —exclama sorprendido al ver la Tundra llena de orificios de balas.

Ya no me extraña, aquí los chismes corren rápido y no debe de ser común ver una mujer de estatura promedio en una situación parecida. Él se queda pensativo e intenta tocarse los bolsillos disimuladamente.

—No necesitas llamarlos, me dirijo a la estación de Policía.

Solo quiero saber si podrás y en cuánto tiempo. Necesito que esté perfecta para rodar.

Pasamos casi medio minuto en silencio, yo viéndolo fijamente y él, inmóvil, intercalando sus miradas entre la camioneta y la tienda. Lo que me pone más nerviosa. Estar en la única estación de servicios me convierte en un blanco fácil y llamativo.

—Dame una hora y doscientos dólares —dice al fin, aunque nada seguro.

Le entrego cien.

Camino hacia la sede policial. Ya es de noche. Las calles están completamente desiertas, no se ve ningún otro auto o alguna persona circulando, excepto por un par de vagabundos que beben de una botella alrededor de una fogata improvisada en un tambor de aceite, y a los perros callejeros que deambulan. Es bueno, ya que podré identificar fácilmente cualquier amenaza.

Cuatro oficiales que fumaban afuera de la estación se me quedaron viendo fijamente mientras me dirigía a la entrada, al pasar, me siguieron. Cuando entro, dos oficiales más paran lo que hacen.

—¡¿Dónde demonios están!? —pregunta el *sheriff* antes de notar el silencio de su equipo y mi presencia—. A la mierda.

Me siento al frente de él, quien me estudia por completo.

—Vengo a dar mi declaración oficial sobre lo que pasó —le digo.

Todos los uniformados intercambian miradas sin hablar, están tensos por haber perdido a uno de los suyos. Williams bebe un poco de café y enciende un cigarrillo muy calmado.

—Has venido dos veces en un día —dice, esta vez ya me

tutea—. Mataron a una estudiante en tu casa y a un oficial de esta estación mientras ayudabas a un fugitivo a escapar. Estás en serios problemas, señorita Sacks.

Creo que fue por la manera en que lo dijo o por su tonta intención de asustarme que no pude evitarlo, de verdad que lo intenté, pero comencé a reírme sin control hasta el punto de que se me escapó una lágrima. Reí tanto que contagié a los demás, excepto al *sheriff*, quien me miraba con ojos asesinos. Sus hombres empezaron a reír mientras se miraban unos a otros para intentar entender qué me pasaba y por qué ellos también se carcajeaban.

—¡Cállense! —grita el jefe de la comisaría y le da un manotazo al escritorio.

—Lo siento, *sheriff*. No pude evitarlo. Debe ser por la adrenalina y los nervios que aún tengo —digo ingeniosamente.

—¿Dónde está Junior? ¡Y no te atrevas a decir que no se fue contigo, porque mis hombres lo vieron!

—Entonces también vieron a los sujetos que asesinaron al oficial Marlon. Hace horas parecía que no sabías nada del negocio de las drogas en el pueblo, ahora tienes la calle principal repleta de casquillos, autos destrozados y un hombre asesinado. ¿A cuántos narcotraficantes atraparon? —pregunto.

Está furioso.

—Yo soy quien lidiará con eso. Tú solo responde, ¿quién eres y en dónde está Junior? —pregunta Williams con tono de autoridad.

—Junior se tiró de mi vehículo cuando huíamos aterrados, no lo vi más ni lo busqué, solo quería ponerme a salvo, y yo soy…

6

COMIENZA EL JUEGO

—… la profesora Amanda Sacks —respondo al *sheriff*.

—¿Una profesora que puede atinarle al chofer de un vehículo en movimiento a más de veinte metros? ¿Tienes permiso para portar armas, señorita Sacks?

No me esperaba esa pregunta y todos me observan fijamente. De no responder bien podrían encerrarme por unos días, y no puedo perder tiempo. La opción de intentar huir no es posible porque tendría que matarlos a todos. Así que improviso.

—¿Le di a alguien? Un momento, ¿maté a una persona? ¡Yo solo apreté el gatillo con los ojos cerrados! Tuvo que ser suerte, la adrenalina. Eran muchos disparos por todos lados. La verdad, no recuerdo mucho, solo intenté sobrevivir con lo que tenía a mano. El arma la encontré en el suelo, creo. No estoy segura de nada, no sé qué pasó… —finalizo tapándome los ojos y fingiendo que entro en pánico.

Es patético, pero necesito irme de aquí rápido y por fin sacarme esta duda que me está volviendo loca: ¿fue Hawk?

Uno de los oficiales trata de consolarme y yo aumento el drama.

—Señorita Sacks… hace unos minutos reía a carcajadas y ahora llora, no la entiendo —suelta el *sheriff*.

—Jefe, dele un momento. Ella pasó por mucho. Debería estar en el hospital siendo revisada —dice uno de sus hombres mientras me busca un vaso con agua.

Me meto en el papel y permito que el drama aflore, no les dejo que me pregunten demasiado. Williams se harta de mí rápidamente y me deja ir, advirtiéndome que debo volver mañana cuando me encuentre mejor.

De todo lo que he hecho en el día, que incluye controlar un salón con más de veinte adolescentes curiosos y afectados por la muerte de dos alumnos del colegio, y enfrentarme a tiros contra una banda de narcotraficantes bien armados, fingir delante de esos idiotas ha sido lo más extenuante, por mucho.

Uno de los oficiales me lleva hasta el hotel.

El recepcionista de este me detiene al verme ingresar.

—¡Señorita! —exclama con cierto temor en la mirada.

Aunque no quiero perder el tiempo, me acerco a él porque quizá tiene que ver con mi bestia negra.

—¿Pasó algo con Bob? —pregunto

—No quiero molestarla, pero sí. El animal le ladra a todo a quien pasa por al frente de la puerta. Empieza a molestar a los huéspedes…

Le doy veinte dólares más y deja de quejarse. Me apresuro a la habitación, y apenas me aproximo a la puerta Bob se abalanza sobre ella, sin ladrar. Lo escucho gemir por la emoción. Abro y me salta encima. Me siento en el suelo y nos damos cariño un par de minutos; me hacía falta.

Con las energías recargadas, salgo junto con Bob hacia la estación de servicio. Necesito mi Tundra, me siento indefensa sin ella. El trayecto me sirve para meditar y a mi fiel amigo para estirar las patas. El silencio y la soledad de las calles me producen el efecto de estar en un pueblo fantasma; me gusta.

Cuando llegamos, el hombre se ve más nervioso por la presencia de Bob, quien lo mira con detenimiento. Debo ser la maestra de secundaria más extraña del mundo. Temeroso, me dice que pudo reparar lo necesario para que la Tundra esté operativa. Le pago los otros cien dólares.

Entro a la tienda por provisiones para nosotros y para Junior; comida, linternas, baterías y agua. Noto el viejo mapa de los Estados Unidos que siempre ha colgado en la pared y antes ignoraba. Muchos recuerdos de mi vida en Nueva York se me cruzan por la cabeza, y aunque no está a la venta, negocio para comprarlo. Luego nos vamos hacia la casa en la que había estado viviendo estos meses.

A medida que nos acercamos, comienzo a sentirme más y más tensa. Los malos momentos del pasado cruzan como *flashes* en mi mente, tengo el presentimiento de que volveré a abrir una puerta peligrosa. ¿Tengo opción? Irme de Eureka, pero no puedo porque Junior me necesita y tampoco pienso permitir que la muerte de Jeffrey quede impune; además, dejé de huir hace mucho. Tomo mi pistola y la aprieto con fuerza, es lo único que me da seguridad. Me estaciono una calle antes para que mis entrometidos vecinos no me noten, y me bajo con una de las linternas que compré.

Mientras rodeo la casa, me doy cuenta de que por la parte delantera era imposible que el asesino entrase sin llamar la atención: desde dos casas de mis vecinos hay clara visión desde las ventanas de sus salas. Al llegar a la parte trasera, entiendo que mi intención de tener privacidad, razón por la que escogí esa casa, hizo que todo fuera favorable a la situación que ocurrió; el patio da hacia una zona boscosa a la que ninguna otra casa tiene acceso visual y desde donde se puede acceder a la puerta trasera de mi cocina.

Entro por ella. La casa está oscura, enciendo la linterna. Hace calor, el aire se siente pesado. Bob camina delante de mí. Me calma verlo tranquilo, no hay amenazas, no todavía. Como imaginé, el interior luce idéntico. Esos inútiles de la Policía del pueblo no se molestaron en buscar más evidencias. No pierdo tiempo y voy al cuarto, en donde las sábanas siguen con la sangre, ahora seca. Me quedo un momento contemplando la escena, pero rápidamente inicio mi inspección minuciosa.

No tardo más de veinte minutos en encontrar el único objeto que antes no estaba en el cuarto, en una de las gavetas de las mesas de noche. Mientras contemplo la pequeña caja de regalo negra, más recuerdos despiertan en mi cabeza. Mi respiración se acelera, entonces decido actuar y dejar de pensar. La abro.

—Hijo de puta —suelto en voz alta y me dejo caer de rodillas.

Sostengo en mi mano el collar de rubí con el que fue vista por última vez mi hermana Rachel. No puedo creerlo, es demasiado fuerte. Es un golpe directo en la herida abierta. Si bien por un instante tengo ganas de llorar, muy rápido se transforma en rabia y odio. Me guardo la joya y prosigo con la lectura de la carta doblada que estaba debajo:

Querida Ainara:

Primero que nada, debo disculparme por haberme tardado tanto en encontrarte. Fue realmente difícil y en un momento pensé que no me sería posi-

ble, lo que me estaba volviendo loco. Puesto que tú te esforzaste durante años para dar conmigo.

Por lo que decidí esmerarme más y así conocí a tu psicólogo en Nueva York, el amable señor Lucas. Aunque las cosas no terminaron bien para él porque no me quería dar tu ubicación, me cayó muy bien el valiente hombre.

Ya eres toda una mujer. Has cambiado mucho desde la última vez que nos vimos hace más de diez años, ¿lo recuerdas? Me saludaste desde el auto de un amigo, llevabas ropa de noche, te ibas de fiesta. ¿Qué tal la pasaste?

Llevo meses observándote, al parecer, has comenzado a sanar, y me enorgullece. Sé que vas todas las mañanas a la preparatoria para enseñarles a esas pequeñas criaturas, tus citas con el psiquiatra, las idas a pescar y hasta sé de esa sopa instantánea que compras regularmente. Te sienta bien la vida tranquila lejos de todos esos problemas en la ciudad.

Es un buen lugar para que por fin descanses en paz después que juguemos un poco. Dos mujeres más morirán antes de que te toque unirte a Rachel. Debes encontrarme o aceptar tu destino.

Gracias por haberme hecho volver. Te volveré a dejar recuerdos de Rachel. Te veo pronto.

JH

—Maldito, maldito, maldito…

Estoy temblando de la rabia, de la impotencia y el dolor. Ese malnacido no se conformó con arrebatarme a Rachel, de asesinar a decenas de mujeres y a la pobre estudiante de la preparatoria, también mató al doctor Lucas, quien no tenía nada que ver con esto.

Quiero destrozar todo, pero no puedo perder el tiempo

con arrebatos. Respiro profundo y me enfoco en lo que tengo que hacer. Debo encontrarlo primero, antes de que él me mate a mí, y hacerlo pagar. Si quiere jugar, jugaremos. Me lleva ventaja por haberme estudiado por un gran tiempo, sin embargo, él solo es un psicópata, yo soy Ainara Pons.

Las cosas seguirán como van, no involucraré a nadie de mis amigos o del FBI. Esta es mi guerra personal y aquí en Eureka libraré la última batalla; comienza el juego de la muerte.

Tomo todo lo que necesito de mi cuarto; cajas viejas de archivos, algo de ropa, y lo llevo a la camioneta. Luego voy a las casas de mis vecinos. Cuando salen a la puerta, me miran sorprendidos o nerviosos porque ya saben del tiroteo. Les cuento brevemente que solo quedé en medio de aquello por accidente y que era un milagro estar viva. Después de una pequeña cháchara, voy al grano; les pregunto si en las últimas semanas no vieron a algún hombre de gran tamaño merodeando por la zona o cualquier cosa sospechosa. Como esperaba, dijeron que no. Debía intentarlo.

Me marcho al hotel, me espera una larga noche de investigación. Debo volver a estudiar todos los casos de Hawk y esperar que esta vez logre encontrar algo del pasado que me ayude en el presente.

~

Hotel Sundown Lodge
9:20 p. m.

Cuando voy a entrar a la habitación, me detengo a meditar mis acciones. Mi bestia negra se sienta a esperar y se me queda mirando, le hago cariño. No es conveniente estar en un lugar donde cualquiera puede encontrarme, y este será el primero adonde los narcotraficantes vendrán a buscarme. Llamo a Donald.

—¿Estás ocupado?

—¿Estás bien? Me enteré de que una camioneta negra estuvo en medio de la balacera que hubo durante el traslado de Junior.

—Estoy bien, ¿qué haces? —le pregunto.

—Leía un rato una vieja novela, ahora quiero verte. ¿Puedo?

—¿Cuál es tu habitación?

—La ochenta y seis. ¿Por qué? —pregunta algo nervioso.

No respondo mientras camino, buscándola.

—¿Vendrás? —Toco su puerta—. Ya estás afuera…

Sale colocándose la camisa, no puedo evitar admirar su cuerpo. Por el contrario, él ve un cuadro nada provocativo: Bob sentado con la lengua afuera, mi bolso con un mapa sobresaliendo por el cierre, y yo desarreglada completamente. Me saluda con un beso en la mejilla y luego se agacha para hacerle cariño a mi bestia; ambos se caen bien. Nos invita a pasar.

Me ofrece un vaso de jugo, yo le pido algo más fuerte y me da una copa de *brandy*. De inmediato comienza a hacerme preguntas.

—Necesito tomar una ducha… —digo para detenerlo y porque es cierto, debo oler mal.

—Sabes dónde está el baño, es todo tuyo —me dice.

Aprovecho la deliciosa agua tibia para pensar bien mi siguiente paso. Aparte de un extraño deseo, Donald me inspira confianza, por lo que decido que al salir de la ducha le contaré toda la verdad, además de explicarle los riesgos de prestarnos posada. Quizá él pueda darme otro punto de vista.

Me siento en su cama y lo invito a que haga lo mismo al

lado mío. Me sincero, le hago un breve pero detallado resumen de lo más actual e importante. Él solo se queda en silencio, escuchando hasta que termino, revisa su teléfono por un momento y por fin habla.

—Tendré a una agente del FBI toda una noche, creo que no podría estar más seguro —dice sonriente.

—Quizá exagente porque debí haberme presentado hace cuatro meses atrás.

—Por lo que he leído nada más en un minuto en Internet, eres una especie de leyenda. Estoy seguro de que te esperarán, y cuando lleves a ese tal Hawk, recibirás otra medalla.

Conversamos un poco más hasta que le digo que necesito ponerme a trabajar. A Bob le damos una esquina del cuarto y se enrolla para dormir. Yo tomo un escritorio y una pared, coloco mi *laptop* y pego el mapa. Comienzo abriendo mis viejos archivos y reconstruyendo una línea de tiempo. Jerry Hawk nació en 1962, tiene cincuenta y seis años. Su principal característica es que tiene las iris de diferente color: azul y verde. Esto es algo que nunca olvidaré. Se graduó como abogado en Stanford a los veinte, era un joven prodigio. Su carrera fue en rápido ascenso, llegó a ser un hombre muy bien acomodado. Se casó dos veces y tuvo una hija que ahora debería tener unos cinco años más que yo, treinta y tres. Para cuando tuve la desgracia de conocerlo ya había dejado de ejercer Derecho, se dedicaba a la docencia y estaba divorciado. El caso de Rachel tuvo gran cobertura mediática y por ello fue que se descubrió la relación directa de Hawk con al menos una docena de estudiantes asesinadas en los lugares que trabajó como profesor. Desapareció por completo. Esporádicamente aparecieron casos de otras estudiantes violadas y asesinadas por el país a las que no se le encontró un culpable, en ocasiones hablaron de un conserje, profesor o cocinero sospechoso de estatura alta. Sin embargo, nunca se dio alguna confirmación sólida de que fue este psicópata.

El año pasado ya no tenía esperanzas de que algún día podría capturarlo, pensaba que probablemente había muerto sin pagar sus culpas, hasta que él me envió una carta a prisión cuando fui encerrada por los crímenes del asesino en serie Josh Cook.

—¡Me lleva! —suelto por la frustración.

Golpeo el mapa y lo arranco de la pared con furia. No me funcionó antes, ahora menos. Trazar las mismas rayas no me acercará.

—Está bien. No pasa nada, solo estás fuera de forma. Relájate, piensa y busca otro enfoque —dice Donald mientras me sujeta por el rostro.

—¿Cómo lo encuentro? Podría estar en cualquier lugar. Tengo que hacer algo por Junior, está solo y desamparado en un bosque, lo quieren asesinar. Jeffrey me dijo que estaba pasando algo extraño en el psiquiátrico, pero era un esquizo-frénico paranoico, ¿por qué tomarlo en serio? Ahora está muerto.

—Calma, Ainara… Me gusta más ese nombre. Intenta resolver una cosa a la vez. Busca otro ángulo, pon de cabeza la imagen que tienes en la mente. Invierte los papeles.

Es muy guapo, su rostro es precioso. Es solo un poco más alto que yo.

Se me acerca aun más, mirándome a los ojos y luego a la boca. No puedo evitar ver la suya, lo que debió ser la señal porque me besa.

7

GREAT FALLS

Mientras cierro los ojos y me dejo llevar, inevitablemente pienso en mis compañeros Danny y Peter; los extraño. Abro los párpados, veo a Donald y me siento confundida por un instante, pero qué demonios, necesito desestresarme. Me le lanzo encima y caemos sobre la cama. Bob se despierta y nos mira.

Nos besamos y empezamos a desvestirnos como fieras, liberándonos de los pensamientos, olvidando el presente. Desciendo mi mano por su tallado abdomen hasta casi llegar a su miembro, él me detiene y me gira para yo quedar acostada bocarriba. Empieza a besarme los pechos y entonces, cuando lucho por desabotonarme el sostén, me llega un recuerdo que había dormido por años en mi subconsciente, algo tremendamente importante que antes no tomé en cuenta. Hawk tuvo una hija que vivía con su exesposa en algún estado del país. Creo que ya no eran cercanos. Debo encontrarlas y usarlas en su contra, es mi mejor oportunidad. Esta vez no hay margen para error, lo atrapo o él me mata.

—¿Qué sucede? —pregunta exaltado al notar que me quedé inmóvil.

—Lo siento, Donald. Lo deseo tanto o más que tú, pero acabo de recordar algo que puede salvarme el cuello.

Se sienta en la cama y respira profundo para poder calmar su apetito sexual. Le busco un vaso de agua y empiezo a vestirme.

—¿Qué recordaste? —me pregunta.

—Jerry Hawk tuvo una hija que ahora debe de ser unos pocos años mayor que yo. Necesito encontrarla y usarla a mi favor. Es mi mejor o la única oportunidad que tengo.

—Si es hija de ese enfermo, ¿cómo piensas convencerla de que te ayude? No creo que quiera volver a tener algo que ver con ese tal Hawk —dice Donald.

Tiene razón. No puedo obligarla, sin embargo, primero tengo que encontrarla y luego resolveré lo demás.

—Me encargaré de que funcione, solo debo hallarla. ¿Me ayudas? Es mucho trabajo y no tengo demasiado tiempo.

Al principio lo noté poco convencido de mi idea, pero terminó ayudándome. Durante el resto de la madrugada nos dedicamos a investigar y llamar a los registros civiles de los estados en donde es de día. No logramos nada. Por lo que decidí hacer lo que no quería, ponerme en contacto con Nueva York.

Saco mi celular y llamo.

—Habla Jonas… ¿aló? Voy a colgar…

Escuchar la voz de mi viejo colega y quien colaboró conmigo en momentos difíciles e importantes, me deja sin habla por unos segundos mientras también veo a Donald tomar unas pastillas de un llamativo frasco amarillo.

—Es Ainara… —digo al fin.

—¿Ainara? Dios mío. Pensábamos que te había tragado la tierra. El jefe Phillip siempre te nombra, en la oficina todos se preguntan por ti casi a diario. Danny por poco pone una alerta nacional sobre tu desaparición. Bennett se ha vuelto más odioso que nunca. Nada ha sido lo mismo desde que te fuiste.

Por la emoción, los ojos se me humedecen un poco al escuchar sus palabras y siento una gran nostalgia por los sentimientos encontrados. Puedo imaginarlos a todos claramente en mi cabeza con solo cerrar los párpados.

—Jonas, muy pronto volveré…

—¿Cuándo? —pregunta él.

—Después de resolver unos asuntos personales. Necesito un favor…

—Lo que sea, solo pídelo.

Le pedí dos cosas, lo que necesitaba y que no le comentara a nadie sobre mi llamada. Ni siquiera me preguntó los motivos y en menos de media hora me localizó la última dirección registrada de la hija de Jerry Hawk, en donde vivía con su madre; Great Falls, Montana. También me informó que desde hacía más de cuatro años no movía un centavo en sus cuentas bancarias ni volvió a pagar impuestos o algún servicio básico. Desapareció completamente del mapa.

No fue la información más alentadora, pero al menos era un punto de partida.

～

Hotel Sundown Lodge
Sábado, 7:00 a. m.

No hemos dormido nada y ahora discutimos por el viaje que me dispongo a hacer.

—No te puedo permitir ir sola, Ainara —repite Donald por tercera vez.

—No iré sola. Me llevo a Bob y a Junior…

—No sabes si el muchacho te sigue esperando, y, ¿cómo harás para pasarlo por los controles? Ya deben haber emitido una orden de búsqueda por toda la región —dice con preocupación.

Le enseño la placa que no había levantado en meses y le afirmo que no habrá problemas. Sin embargo, Donald no da su brazo a torcer, por lo que termino aceptando su agradable compañía. Solo quería evitar ponerlo en un riesgo innecesario, soy un imán de problemas y no tengo la más mínima idea de qué nos podemos encontrar.

Donald, Bob y yo nos subimos en la camioneta. Mi bestia negra no cede su puesto de copiloto y el profesor tiene que sentarse en los puestos traseros. Primero vamos a la estación de servicios para llenar el tanque completo y aprovechamos para comprar más provisiones.

—Ve el modo como nos observa ese sujeto. ¿Te conoce? —pregunta Donald.

El encargado del local se nos queda mirando de forma inusual.

—Sí. Es un completo cobarde, pero al parecer, buen mecánico. Paguemos para marcharnos. Quiero estar en Great Falls antes del anochecer.

Nos vamos en dirección al bosque para recoger a Junior, quien espero que sea inteligente y se haya quedado a esperarme, si no, estará por su cuenta. Donald se encarga de vigilar constantemente de que nadie nos siga, Bob de mantenerme relajada y yo de conducir.

Llegamos en menos de media hora. Los tres nos bajamos y emprendemos el trayecto hacia el campamento improvisado de Junior. Lo encontramos abandonado, sin nada.

Buscamos al muchacho por más de media hora con la esperanza de que estuviera cerca, gritamos su nombre y recorrimos un área considerable, sin embargo, no logramos localizarlo.

—Se fue. Es un idiota —digo, entendiendo que no puedo hacer más nada.

—¿Y si le pasó algo? —pregunta Donald.

Aunque es una posibilidad, es mínima.

—No lo creo, no hay rastros de pelea, y es más probable que su juventud haya sido la responsable de su mala decisión. Larguémonos de aquí.

Volvemos a la Tundra con el peso de la frustración y la decepción. Cuando abro la puerta para que Bob entre, ambos nos asustamos y tengo que sostener a mi bestia negra para que no se le lance encima.

—¡Agárralo fuerte, por favor! —grita Junior aterrado mientras ve los filosos dientes de mi hijo.

—¿Qué ocurre? —pregunta Donald exaltado.

—¿Profesor Donald? —suelta asombrado el muchacho.

—¡Quieto! —grito y Bob deja de gruñir.

—Junior, pensamos que te habías ido por tu cuenta —dice Donald.

—¿Lo sabe todo, profesor?

—¿Quieres que te mate accidentalmente, Junior? Sí, Donald lo sabe todo.

Junior se baja y me apunta con su dedo índice, como si fuera un arma.

—Podría matarte. No me esperabas aquí, ¿verdad? ¿Por qué tardaste tanto en regresar? ¿Profesor, qué hace aquí?

—Tenía trabajo que hacer. Nos vamos de aquí —notifico.

—Los acompañaré al viaje —dice Donald.

—¿Irnos a dónde? ¿Viaje? —pregunta Junior.

Le informo lo que haremos y, aunque no se muestra muy

animado con la idea, termina aceptando por no tener más opciones.

Ahora salimos los cuatro. Sorprendentemente, Bob acepta ir en las piernas del muchacho en el asiento del copiloto, y a Donald no le queda más remedio que ir atrás. Mientras manejo por la carretera con dirección al estado de Montana, no puedo evitar notar lo extraña de mi situación al hacerlo junto con ellos tres y recordar mi último viaje de investigación, cuando le seguía la pista a los asesinatos de Josh Cook, creyendo que eran de Donovan White. Es la primera vez que viajo acompañada, me resulta incómodo y agradable al mismo tiempo.

El viaje de casi doce horas transcurrió con normalidad, hablamos mucho y bromeamos más, hicimos paradas para ir al baño, recargar combustible y almorzar. Lo más notable fueron las numerosas veces que nos detuvieron en cuanto control policial o de peaje nos encontramos en el trayecto. Al parecer lucíamos como un grupo peligroso; una mujer delgada, un hombre guapo de estatura baja para el promedio americano, un muchacho flacucho de piel blanca y mi hermoso Bob; o quizá los agujeros de balas en mi Tundra influyeron. Tuve que mostrar mi placa del FBI y ellos verificar en el sistema para que me dejaran avanzar e ignoraran la orden de búsqueda de Junior.

Great Falls, Montana
   _7:40 p. m._

Encuentro la dirección que me dio Jonas sin problemas gracias al GPS de mi camioneta. Me detengo al frente de la vivienda. Ha sido un largo viaje y estamos cansados, queremos terminar e ir a descansar.

Siento algo de nervios de ir a entrevistar a una completa extraña, supongo que es por el tiempo fuera de servicio.

—¿Vamos? —pregunto.

Junior se recuesta en el asiento, abrazando a Bob —se han hecho cercanos—, y dice que está cansado para salir, que nos esperará. Le repito la pregunta a Donald.

—Prefiero quedarme a vigilarlo, no vaya a ser que por estar lejos le den ganas de aventurarse. Así tampoco entorpezco tu trabajo, solo soy un profesor —responde luego de meditarlo.

Por mí está bien, y que le eche un ojo a Junior es de gran ayuda. Desciendo y cierro la puerta. La temperatura en la ciudad es baja, la brisa me realza la sensación de frío. Mientras camino hacia la entrada de la casa, puedo ver a dos personas comiendo en la mesa de la sala, lo que me hace entender cuán incómoda va a ser mi visita. Sin embargo, no tengo tiempo que perder, mi vida está en juego, y si algo me pasa, Junior también se verá afectado al quedarse solo.

Toco el timbre y al poco tiempo sale la mujer. Aunque ha cambiado mucho por la edad, la reconozco de las fotos que alguna vez vi mientras le seguía la pista a Hawk.

—¿Se le ofrece algo? —pregunta al verme callada.

—Sí, lo siento. ¿Señora Lana?

—Es correcto, ¿y usted quién es? ¿Qué quiere, por qué me busca? —pregunta y su tono cambia un poco.

—Me llamo Amanda Sacks. Quiero hacerle unas pre…

—¿No se cansan verdad? Ya pasó más de una década. Me volví a casar y nunca más supe de él. ¡Quiero que la maldita prensa me deje en paz! —exclama Lana.

—No soy de la prensa.

—Todos dicen lo mismo para sacarme información —dice.

Le enseño mi placa y ella se inmuta. Al parecer, ningún periodista había intentado hacerse pasar por un agente del FBI.

—Soy del FBI…

—¿Mataron a ese desgraciado? —me pregunta.

—No, señora Lana. Lamentablemente, él todavía sigue prófugo de la justicia y no vengo por información de su exesposo Jerry Hawk, si no de su hija Jessica.

Ahora luce más confundida que cuando le enseñé mi placa, piensa por unos segundos antes de responder.

—¿Le pasó algo a ella? —pregunta preocupada.

—Es lo que quiero averiguar.

—¿Por qué? ¿Qué tiene ella que ver con todo esto? Déjenla que viva en paz su vida.

—Está desaparecida desde hace cuatro años. ¿Cuándo fue la última vez que la vio? —le pregunto.

—No está desaparecida. Ella se marchó de aquí porque no soportaba vivir bajo la sombra de un asesino en serie. Una noche hablamos como de costumbre en la cena, al otro día se había ido, vació su cuarto y se llevó sus cosas. ¿Por qué la busca? —pregunta Lana.

—Hace cuatro años que no mueve un centavo en sus cuentas bancarias ni ha dado señales de vida. Temo que algo le haya podido pasar, que haya sido otra víctima…

—No es posible —afirma.

—¿Por qué?

—Se podría decir que Jerry la quería. Solo sé que Jessica estuvo con una de mis hermanas, Tina, en Nueva York, y al tiempo se fue de allí.

Espero que no del mismo tipo de cariño que les daba a las demás muchachas. Ella voltea y nota que su esposo nos mira desde la ventana, lo que la pone un poco nerviosa o ansiosa, no estoy segura.

—Podría darme un número, dirección… o preguntarle a su hermana y avisarme. Se lo agradecería —le digo.

—Haré lo que pueda, no le prometo nada. Deme su número de teléfono.

Le entrego una de mis viejas tarjetas que usaba en el FBI, con el nombre y número de Ainara Pons tachado y sustituido por el de Amanda Sacks. Ella lo toma y entra a la casa.

Vuelvo a la camioneta.

8

JUNIOR, ¿ESTÁS TOTALMENTE SEGURO DE ESO?

—¿Cómo te fue? ¿Qué te dijo la señora? —pregunta Donald apenas entro, ansioso.

—Por favor, que doce horas en carretera hayan valido la pena —suplica Junior.

Bob se me lanza encima para darme cariño. Yo elijo bien mis palabras para no desanimar a mis compañeros de viaje.

—Tenemos una pequeña posibilidad de encontrar el rastro de Jessica Hawk.

—¿Vinimos desde tan lejos por una pequeña posibilidad? —replica el muchacho.

—Suficiente, Junior. Todos estamos igual de cansados e involucrados que tú. Ainara, ¿cuál es esa pequeña posibilidad? —pregunta Donald con más interés y madurez.

Respiro profundo antes de hablar. La verdad, estoy demasiado cansada y no puedo pensar bien así. No hemos dormido casi nada en las últimas cuarenta y ocho horas. Necesitamos descansar.

—En este momento no estoy segura de nada. Lo único que sé es que necesitamos comer algo y dormir mucho.

Iremos a un hotel, después de hacer lo primero, decidiremos el siguiente paso. ¿Les parece?

Ellos asienten, Bob ladra y yo arranco.

~

Central Motel
   8:20 p. m.

Tomé la habitación más grande del complejo para que los cuatro estuviéramos lo más cómodos posible. Pedimos demasiada comida y la devoramos toda gracias a mi bestia negra, quien quedó rendido después de semejante banquete; restos de *pizza*, pollo frito, arroz chino y hamburguesas. Nos tomamos turnos de veinte minutos para ducharnos. Yo agarré el primero y aproveché el tiempo de ellos para cerrar los ojos y dormir cuarenta minutos. Lo que contrarrestó mi cansancio como una curita cubriría la herida hecha por una escopeta. Sin embargo, fue de provecho. Por otro lado, Lana me envió por mensajes los números y la dirección de su hermana Tina, en Brooklyn. Me dijo que no ha tenido contacto con ella desde hace casi un año y que es posible que haya cambiado de número o dirección. Un gran y profundo deseo de volver a mi ciudad crece poco a poco, la excusa de encontrar a Jessica Hawk lo alimenta.

Una vez que todos estábamos llenos y duchados, nos reunimos en las camas para decidir qué hacer. Pregunto si alguno de ellos tiene sugerencias que dar, se miran entre sí y se quedan callados. Primero le cuento breve pero detalladamente mi situación con Hawk a Junior y le explico que resolver ese asunto influirá en el resultado del suyo.

—¿Entonces el lunático que asesinó a Christine podría

entrar por esa puerta mientras estamos dormidos y…? —pregunta Junior.

—No creo que sepa en dónde estamos, por ahora llevamos la ventaja —contesto

—Es imposible que nos haya seguido por carretera sin que nos diéramos cuenta —agrega Donald.

Junior se levanta de la cama y comienza a caminar en círculos.

—¿Qué haremos, Ainara? ¿Cuál es el siguiente paso?

—Dependiendo de qué logre conseguir con el número que me dieron, tendré que ir a Nueva York. Estoy segura de que —dice y señala al muchacho— mientras tú y yo estemos lejos de Eureka, nadie morirá allá.

—¿Nueva York? Es muy lejos… nos va a tomar días ir y volver —dice Donald.

—No tienes que ir con nosotros. Entiendo que tienes tu vida y cosas que hacer —le digo.

—Sí, profesor. No tiene que ir. Yo sí que quiero. Me encantaría ir a Nueva York, «la ciudad que nunca duerme». Tengo amigos allá que quisiera volver a ver.

—No llegarás antes del lunes, y las personas comenzarán a hacer preguntas, Ainara.

—¿Quién?, ¿el *sheriff*? Ese desgraciado trabaja con los narcotraficantes y ya me culpó por la muerte de Christine, no deberíamos preocuparnos por él —dice el muchacho.

Siento el cosquilleo en la nuca al escucharlo y un mundo de posibilidades se abre en mi mente. Nueva York y mis ganas de ver a mis amigos tendrán que esperar.

—Junior, ¿estás totalmente seguro de eso? —pregunto mirándolo detalladamente para evaluar sus gestos.

Él sonríe.

—Personalmente lo llegué a ver varias veces hablando con

los sujetos en el lugar al que Daz y yo íbamos a buscar la mercancía.

—Debiste haber mencionado eso antes, muchacho —dice Donald.

—Desde el preciso momento que llegamos al bosque —agrego—. Ahora las cosas cambian radicalmente. No estamos lidiando con un hombre honesto, sino con un pobre diablo que rompió el juramento a su placa.

—¿Qué piensas hacer? —pregunta Donald.

—Tengo tres problemas; Hawk, el instituto psiquiátrico y los narcotraficantes. Necesito solucionar alguno antes de perder la cordura. Volveremos a Eureka y le revelaré mi identidad a ese hijo de puta, lo obligaré a que nos ayude a negociar el problema de Junior.

Junior se me sienta al lado y me mira con ojos de niño ilusionado, sintiendo algo de esperanzas.

—¿Crees que acepte?

—Tendrá que aceptar —digo con total confianza.

Donald ahora es quien se levanta de la cama, luce tenso.

—Es muy arriesgado, Ainara.

—No te preocupes. He estado en peores situaciones y sé cómo tratar a idiotas como ese. Se la dan de hombres, pero son los más cobardes. Suplicará negociar cuando le diga quién soy.

Conversamos durante un rato hasta que a Junior le da sueño y decide ir a acostarse. Antes de hacerlo, despierta a Bob para que lo acompañe en la cama y mi bestia negra no lo duda. Duermen abrazados. Donald y yo no hemos podido descansar casi nada, sin embargo, no tenemos sueño. Él llama a recepción y pide unas cervezas.

Cuando llegan, nos dedicamos a beberlas y a charlar sentados en una cama mientras los niños duermen a placer en la de al lado. Necesito relajar mi mente, y entonces quizá logre conciliar el sueño.

—¿Por qué estás aquí? —pregunto y sujeto su mano.

—Necesitas apoyo. —Mira a Junior y a Bob—. No es fácil lidiar con un niño y un adolescente.

—¿En serio? ¡Mira dónde estamos, Montana! Con un prófugo de Eureka y conmigo, el blanco de un asesino en serie. Solo un demente querría estar con nosotros por su propia voluntad. Y no eres un demente, ¿por qué estás aquí?

Él sonríe, bebe de su cerveza y se me acerca con movimientos toscos. Nuestras caras quedan a centímetros.

—¿Y si te digo que no tengo idea? Que solo sé una cosa, y es que cuando te veo a los ojos me pierdo en ellos, son mágicos para mí. Solo quiero verlos mientras sonríes como ahora.

Y lo hago no solo por sus lindas palabras, sino porque también me doy cuenta de que todas mis «relaciones» con los hombres que me gustan inician en medio de algunas de mis dramáticas situaciones. Lo que me gusta, ya que en los tiempos fáciles no se conoce verdaderamente a la persona que tienes al lado; es en los difíciles que se ve de qué estamos hechos, de lo que somos capaces y si de verdad queremos algo o a alguien. Donald vino con nosotros porque así lo quiso, a pesar de todos los riesgos, y sé que se quedaría hasta el final sin que se lo pidiera.

—Te diría que me ha encantado tu respuesta. Y que…

Me besa. Lo hace delicadamente, como si tuviera miedo de romperme. Me toca con sutileza mientras nuestras respiraciones comienzan a descontrolarse de a poco. De la nada aparecen muchos recuerdos y sentimientos encontrados que intentan robarme el momento, por lo que me adelanto y suelto mi cerveza para montarme encima de Donald.

Cuando me voy a quitar la camisa, veo a Junior dormido

al lado de Bob, a quienes habíamos olvidado completamente. Un ataque de risa me invade al entender lo que estaba a punto de pasar.

—Sí, mejor nos calmamos —dice Donald.

—Seguro que a la tercera es la vencida —le digo para consolarlo y le doy un beso en la boca.

Nos sentamos en la cama y me pide que lo acompañe afuera de la habitación. Recargamos nuestras cervezas y salimos. Si bien al principio no entiendo para qué, al salir, lo hago.

—Es un viejo hábito. Lo estoy dejando —asegura luego de liberar el humo de su cigarrillo.

—No tienes que explicarme. Todos tenemos nuestros propios problemas y vicios. —Levanto mi cerveza—. He tenido malas épocas, y generalmente las atravieso con esto.

—Somos dos… Ainara, ¿cómo eras? Ya sabes, antes de todo.

Fue hace tanto tiempo y todo es tan diferente que se me hace difícil recordar con precisión, y hasta me parece una vida ajena, distante. Ya no me queda nada de aquella época en la que una vez fui plenamente feliz.

—¿Qué quieres saber? —pregunto.

—Todo. Tenemos tiempo, ¿no?

—Soy neoyorquina de nacimiento. La familia de mi madre pertenecía a la alta sociedad desde el siglo antepasado. Ella fue hija única del matrimonio de mis abuelos, un par de viejos estirados. Debido a eso, Merlina era una amargada de primera, aunque no siempre fue así. En los mejores recuerdos que guardo de mi infancia…

Trago saliva al recordarla y no puedo continuar hablando, me duele el pecho. Me es difícil aceptar que en nuestra última conversación prácticamente le deseé la muerte; la que después le llegaría.

Donald bota el cigarrillo y me abraza sin decir nada, puede entender lo que siento.

Continúo hablando, pero más rápido y aumentando de forma descontrolada la velocidad mientras me sumerjo en recuerdos profundos.

—Cuando estaba Rachel con nosotros, todo era bueno. Teníamos una buena vida, ¿sabes? Tenía a mi hermosa hermana y a dos padres que se querían. Aunque ellos tenían sus discusiones de vez en cuando, no era problema. Yo estudiaba Medicina, amaba esa carrera. Tenía muchos amigos, salía de fiesta algunas veces. Me gustaba mi vida, era feliz. Ahora eso parece que fue una especie de sueño. Los viajes a la playa, los paseos en los parques, Rachel y yo patinando en el lago de hielo del Central Park…

—Los recuerdos son todo lo que nos llevamos a la hora de morir. Guárdalos, y en los peores momentos, aférrate a ellos.

Hago todo lo contrario, intento nunca hablar de mi pasado para olvidarlo y no sufrir recordando lo que nunca volveré a tener, sentir o vivir. Detesto el pasado que no puedo repetir y odio el presente que tengo que aguantar.

Entramos a la habitación y terminé de contarle muchos más detalles sobre mi pasado. Luego fue su turno. Me relató gran parte de su complicada infancia con un padre alcohólico y abusador, quien los golpeaba a su madre, a su hermano y a él. Me confesó que por culpa de su padre creció reprimido y se volvió un asocial. No hizo amigos ni tuvo novias durante toda su época en la secundaria. Conversamos hasta quedarnos en estado de somnolencia. Él vuelve a tomar unas pastillas de aquel llamativo frasco, del que tengo que preguntar, cuando tenga fuerzas.

Quedándome dormida, escucho el sonido lejano de un golpe, decido obviarlo y por fin descansar.

—¿Pidieron algo? —pregunta Junior mientras me zarandea para que reaccione.

Abro los ojos con dificultad por el agotamiento. Él me está mirando confundido y con algo de temor. Se prenden mis alarmas y me siento en la cama de golpe. Toco debajo de la almohada y tomo mi arma.

—¿Qué pasó, Junior? ¿Qué dijiste?

Me repite la pregunta y me enseña un sobre que arrojaron por debajo de la puerta de la habitación. Mi corazón se acelera por los nervios y lo que implicaría que se tratase de Hawk.

9

BIENVENIDOS AL PARAÍSO

Central Motel
  Domingo, 4:00 a. m.

Las manos me tiemblan mientras sujeto el sobre. Donald y Junior me observan a la expectativa de lo que tengo que hacer, abrirlo.

Al momento de sacar el contenido del sobre, siento un doloroso pálpito en el corazón y, sin poder evitarlo, todo se me cae de las manos. Las fotos de mi hermana Rachel en el tiempo que ese malnacido la tuvo en cautiverio son demasiado fuertes para mí. En estas se ve golpeada, maltratada, llorando, desnuda, aterrada, confundida. Me quería descontrolar, lo logró; quería demostrarme que sabe todos mis movimientos y que no tengo oportunidad, lo hizo bien. No puedo evitarlo, lloro, lloro mucho, de rabia, de dolor e impotencia. Quiero matar con mis propias manos a ese maldito enfermo. Lanzo lo que tengo cerca, golpeo la pared y grito en silencio.

Bob se altera al verme así y corre hacia mí, logrando

calmarme un poco con su inocencia y cariño. Donald también se me acerca e intenta consolarme, parece a punto de llorar. A medida que me voy relajando, comienza mi cerebro a maquinar opciones.

—No quiero interrumpir, pero ¿quién es ella? —pregunta Junior acercándonos la foto de una muchacha que jamás habíamos visto.

La voltea y nos damos cuenta de que en la parte trasera hay una dirección junto a la palabra «apúrate». Sé lo que significa, y aunque no creo que ella siga con vida, merece el intento. Respiro profundo para serenarme y poder pensar como la agente del FBI que soy, evaluando opciones.

—No pensarás ir —suelta Junior.

—No, Ainara no es tonta. Llamaremos a la policía y…

—Si ella sigue con vida y él ve que van policías, la asesinará. Junior, espéranos aquí y cuida a Bob, es mi mejor amigo y todo lo que tengo.

—Por favor, no vayan. No nos dejen tirados aquí…

—Aún conservas el teléfono que te di, ¿no? —Él asiente —. Si no volvemos antes del amanecer, úsalo. Pídeles en mi nombre, que quieres hablar con Peter Bennett o Danny Reed. Cuéntales toda la verdad y te ayudarán.

Llegamos al sitio luego de quince minutos de manejar. Es un antiguo Blockbuster abandonado. Aunque no creo que haga falta, desenfundo mi arma. Rodeamos el viejo local y entramos por la parte trasera. El lugar es tétrico por la oscuridad en donde descansan sus ruinas cubiertas de telarañas y polvo, abundan los fuertes olores a orín y excremento.

Caminamos con cuidado y la encontramos de inmediato. La muchacha de la foto que Junior nos mostró yace desnuda sobre un charco rojizo en el sucio suelo. Tiene grotescos cortes en diferentes partes del cuerpo y rostro, fue una muerte espantosa y sus ojos dilatados lo confirman. Quisiera decir que me sorprende o impacta, pero ya no es así. Lo único que siento es rabia y deseos incontrolables de asesinar a Jerry Hawk. No pierdo el tiempo y tomo la carta al lado del cadáver, la segunda. Esta dice:

Querida Ainara:

Espero que te hayan gustado las fotos de nuestra amada Rachel, se las tomé para recordarla cuando se me olvidara su hermoso rostro.

¿Crees que hurgar en mi pasado te va a dar alguna ventaja en este juego? Si es lo que crees, entonces deberías intentar huir, porque estás más perdida que nunca y no hay manera de que encuentres una forma de ganar.

Ya van dos nuevas almas enviadas al descanso eterno, solo falta una más y será tu turno.

JH

P. D.: Te dije que te tengo vigilada.

Donald está conmocionado, no puede hablar por la impresión del cadáver que tiene al frente. Tengo que tomarlo de la mano para salir. Enciende un cigarrillo y fuma para calmarse.

—¿Por qué lo hace, Ainara? —pregunta aterrado y confundido.

—Porque es un maldito enfermo, pero lo sigue haciendo porque nadie ha podido detenerlo. Lo haré, así me cueste la vida —digo.

—Si alguien puede, esa eres tú, y le harías un gran favor a la humanidad. Volvamos al hotel, Ainara.

—Primero necesito saber cómo está siguiendo mis pasos de forma tan precisa.

Luego de hacer una llamada anónima a la policía avisando de la existencia del cadáver de la chica, volvemos al hotel en silencio, cada uno sumergido en sus propios pensamientos y preocupaciones. Las mías son tres, que pronto serán solo dos si logro encargarme del asunto de Junior, a quien le contamos lo sucedido en el Blockbuster. Veo a Junior y a Donald por un instante, conversan. ¿Alguno de ellos estará con Hawk?, ¿sería posible?, me pregunto sin querer. El primero estuvo en mi habitación cuando ocurrió todo, y al segundo no lo conozco demasiado, solo sé lo que me ha contado.

—¿Estás bien? —pregunta Donald.

—¿Ainara? —dice Junior.

—Estoy bien, muchachos. Terminemos de empacar.

No quiero esperar más, si lo hago, comenzaré a ver cosas donde no las hay. Decidimos emprender el camino hacia Eureka apenas inicie el amanecer.

Estado de Idaho
8:30 a. m.

El trayecto de regreso es completamente diferente. El ambiente dentro de la camioneta es de seriedad y sin lugar para juegos, conversaciones cotidianas o chistes innecesarios. Junior esta vez se sentó atrás junto con Bob, ahora son inseparables. Donald va a mi lado, callado y pensativo. Me enloquece no entender cómo Hawk logra seguir de cerca mis movimientos, por lo que reviso constantemente el retrovisor mientras hago cálculos sobre las posibles situaciones con las que me puedo encontrar al intentar negociar con el *sheriff* y los narcos: ninguna es buena o demasiado realista. Por lo que una idea ronda con fuerzas en mi cabeza, y es tomarles la palabra a los viejos locos de Benjamin y Arthur; necesito refuerzos.

Una llamativa tienda por la avenida en la que vamos transitando me refuerza el plan que se me empieza a armar en la cabeza, y también me ayudará a sosegar mi creciente paranoia. Me estaciono en Tech Assault.

—¿No íbamos a negociar, Ainara? ¿Qué hacemos aquí?

—Este es el plan y lo intentaré —digo y respiro profundo antes de continuar—. En el FBI me enseñaron a esperar lo mejor en cada misión, pero que siempre estuviera preparada para lo peor. Y es lo que haremos. Esos infelices no volverán a agarrarme desprevenida.

—Siempre quise aprender a disparar —comenta Junior.

Descendemos de la camioneta e ingresamos a la tienda.

—Bienvenidos al paraíso —digo algo excitada.

Es impresionante el número de armas que están en exhibición; desde revólveres a rifles para francotiradores. Junior enloquece mirando y preguntando por cada tipo de arma que ve. Donald observa en silencio, no le gusta la idea. Agarro un carrito de compras y empiezo. Tomo dos fusiles de asalto AR-15 con miras variadas, veinte cartuchos y cajas de balas; dos fusiles de francotirador Dragunov, veinte cartuchos y suficientes balas; tres Beretta, veinte cartuchos más balas extras; por último, cinco chalecos antibalas, bolsos, tiendas para acampar y artículos para la montaña.

Donald, Junior y dos vendedores me miran alertados, sorprendidos. A los extraños les enseño mi placa y les explico que es para fines de entrenamiento.

—Esas armas no deben de ser baratas, Ainara, ¿cómo vas a pagar eso? —pregunta Donald.

—Llévatelas, Ainara. Podemos practicar con ellas en el campo de mi tía. Vive en las afueras de esta ciudad —dice Junior emocionado.

—Te mencioné que mi madre era de una familia adinerada. Todo lo que era de ella lo heredé y también he ganado dinero en el FBI.

—¿Necesitas todo eso? —pregunta Donald con asombro.

—Sí.

El cajero de la tienda se sorprende al entender que la interesada en comprar ese pequeño arsenal de guerra soy yo.

—Son 5 546 dólares, señorita.

Todos se quedan en silencio y me miran entretanto saco la tarjeta para pagar. Nadie dice nada hasta que vuelve a intervenir el cajero.

—Listo, puede llevarse las armas. Le deseo una excelente… caza.

No sé si llamarlo caza, pero es parecido. Salimos de ahí antes de llamar más la atención y continuamos el viaje de regreso. Tener esas armas cerca me regala un poco de tranquilidad, aunque sé que me falta mucho para terminar esto. Recuerdo a Mary, la enfermera del psiquiátrico que prometió ser mis ojos y oídos dentro del lugar. Quiero llamarla, sin embargo, lo más prudente sería esperar a que ella se comunique.

Me detengo en una estación de servicio para llenar el tanque y aprovecho para llamar a la tía de Jessica Hawk. Lo intento dos veces a los dos números que me dio su mamá. El del celular está fuera de servicio y el de casa repica sin parar;

nadie atiende. No creo que Lana me engañara, no tendría sentido. Ahora solo me queda una dirección que está a cientos de kilómetros y muy poco tiempo para ir a averiguar, a menos que no vaya a Eureka en este momento. Mientras lucho por tomar la elección correcta, siento que cada segundo que pasa es uno menos para mí, que me queda muy poco tiempo.

La vida, la suerte, el universo o Dios, quien sea o lo que sea, tiene maneras extrañas de dar señales. Cuando intento encender mi Tundra después de cargar el combustible, no hace nada, parece haber muerto. Nos bajamos y la empujamos hacia un lugar en donde no estorbe. Un amable trabajador de la estación me recomienda el taller que está al otro lado de la calle. Dejo a Donald vigilando a Junior, quien cuida a Bob y a la camioneta.

Converso y negocio con el administrador del taller. Con una grúa remolcan mi Tundra y la preparan para revisarla luego de que desocupen un puesto. Ven los agujeros de balas y se miran entre ellos, no comentan nada. Esperamos en total aburrimiento un par de horas hasta que comienzan a chequearla. Al poco tiempo se me acerca uno de los mecánicos.

—Una buena y una mala noticia…

—La mala —pido.

—El motor de arranque está frito, tenemos que repararlo y también hay que corregir las fugas que todavía tiene. Lo que sea que le hayan hecho, no va a aguantar mucho.

—¿Cuánto tiempo? —pregunto ya perdiendo la paciencia.

—Es domingo y no tenemos casi personal trabajando. Lo más rápido, mañana en la mañana.

Cierro los ojos, respiro profundo y le pido la buena noticia.

—Cambiamos la ubicación del GPS externo que le colocaron. En donde estaba era muy visible —dice el mecánico.

No le pregunto cuál GPS externo porque ya entiendo

cómo el desgraciado de Hawk me estaba siguiendo, no comprendo cómo no se me ocurrió antes. Le doy las gracias.

Le pido a los muchachos que me ayuden a sacar los bolsos que contienen las armas y dejamos lo demás.

—¿Qué te dijeron? —pregunta Donald.

—Nada importante. Solo que se demorarán hasta mañana para reparar los daños que tiene.

—Iremos a otro hotel, ¿no?

—Sé dónde queda la casa de mi tía. Podemos pasar la noche gratis allí y practicar con las armas. Es un campo enorme.

Sería una buena opción para enseñarles a ambos a disparar, no sabemos qué situación se nos pueda presentar en Eureka y necesito prepararlos lo mejor posible. Al mismo tiempo, nos servirá para descansar una noche completa. Le digo que sí a Junior.

Mientras esperamos detener a un taxi que nos lleve, decido que mañana iré a Nueva York. Y nadie lo sabrá hasta que esté en el aeropuerto. Debo improvisar, no puedo seguir siendo predecible.

~

Afueras de Idaho, campo de los tíos de Junior
Sábado, 12:20 p. m.

Desde el momento en que llegamos fuimos muy bien recibidos. Nos brindaron meriendas, comidas y bebidas. Luego de explicarles la difícil situación de Junior, y sobre todo de que no dijeran nada de su paradero, ni a sus padres, nos cedieron amablemente un extenso terreno para que practicáramos los tiros. Junior se mostró emocionado y eufórico por tener las armas en sus manos, aunque su destreza para utilizarlas dejó mucho que desear. Por otro lado, Donald prestó mucha atención a mis indicaciones y logró desenvolverse mucho mejor de lo que esperaba. Fue bueno con la pistola e incluso dominó el retroceso de los fusiles de asalto.

Yo practiqué con los rifles francotiradores y los de asalto. Si bien tenía mucho tiempo sin usar armas de esos calibres, fue como volver a andar en bicicleta después de años. Bob correteó sin parar por los inmensos terrenos, jugó y olisqueó a cuanto animal o planta se encontró. Esa noche nos acostamos temprano. Aunque con demasiados pensamientos y asuntos pendientes, logré descansar más de doce horas por el enorme agotamiento que acumulaba. Sabía que el día siguiente era muy importante y necesitaba estar lo más fresca posible.

RECUPERANDO EL CONTROL

*CAR LUXURE, **alquiler de vehículos***
  Lunes, 8:30 a. m.

Después de buscar mi Tundra en el taller, decidí que era el momento ideal para iniciar otra fase de mi guerra con Hawk. En la que lamentablemente Donald no podía participar, no por ahora.

—¿Qué hacemos aquí? —pregunta Donald cuando me estaciono.

—Tengo que pedirte un favor.

—¿Vamos a Nueva…?

—¡Junior! Por favor, déjame terminar de hablar con Donald.

El muchacho se recuesta en el asiento. Donald me mira, esperando una respuesta.

—Necesito que vuelvas a Eureka con Bob y lo cuides. Nosotros nos quedamos…

—No. ¿Por qué? ¿Qué harán?

No quiero decirle a nadie, y no es que desconfíe de él, solo no quiero que haya espacio para los errores. Es hora de quitarle el control a Hawk.

—Volveremos a Montana.

—¿¡Qué!? No, no quiero —interrumpe el muchacho.

—¡Junior! —soltamos Donald y yo al mismo tiempo. Junior vuelve a callarse.

—Necesito investigar más a fondo. Creo que Lana me mintió y necesito toda la verdad.

—Puedo y quiero quedarme, Ainara. No me excluyas.

—Debes volver al trabajo. Comenzarán a hacer preguntas si faltamos los dos. Necesito que seas mis ojos y oídos en el pueblo —le digo a Donald.

—Ainara, tengo miedo de dejarte sola.

—Sé cuidarme, Donald. Si no me crees, pregúntale a Junior. Estaremos en contacto continuo.

—La vi eliminar a dos bastardos con una pistola, ellos tenían ametralladoras y eran muchos.

—¿Y si aparece el tal Hawk? —me pregunta.

—Ya lo tengo cubierto, no me volverá a encontrar. No si yo no lo deseo.

—Pero…

No me importa lo que pueda pensar el muchacho, tomo a Donald por el rostro y lo beso por varios segundos. No quiero alejarlo, sin embargo, trabajaré mejor en Nueva York sin él. Le ruego que cuide a mi bestia negra, que espere por nosotros, y le prometo que volveremos pronto.

Me entristeció un poco haberlo prácticamente obligado a irse, pero fue lo mejor. Hay muchas vidas en juego y necesitaba volver a ser Ainara Pons, la agente especial del FBI, enfocada y decidida. Lo primero que hice fue colocarle el GPS a un vehículo estacionado en la calle, para despistar. De ahí fuimos al aeropuerto. Junior casi enloqueció de emoción al entender que al fin conocería Nueva York. Dejé mi Tundra en el estacionamiento, llena de armas y balas. Compramos dos pasajes en la aerolínea que salía más pronto hacia mi ciudad y en media hora nos llamaron a embarcar el avión. Aproveché la espera para llamar a Benjamin, contarle la verdad y explicarle la situación; Junior me dio dos nombres que conocía de los narcotraficantes y se los proporcioné a Benjamin, este prometió investigarlos a fondo y preparar todo para la «guerra».

De nuevo tuve que interceder con mi placa cuando Junior encendió las alarmas por estar solicitado por homicidio. Afortunadamente, todo salió bien.

$\sim$

Nueva York
10:15 a. m.

Ver los enormes edificios alzándose en el horizonte me eriza la piel. Ya puedo imaginármelos a todos sorprendiéndose en la oficina cuando me vean llegar. Quiero ver a Danny, a Peter, a Amy, a Phillip y a mis vecinos. Me provoca un café malo de la ciudad, hacer cola en el pesado tráfico. Los humanos somos seres tan maravillosos como raros, soy un vivo ejemplo.

—¿Toda tu vida has vivido aquí? Es increíble —comenta Junior con emoción.

—Sí, toda mi vida. Es la mejor ciudad del mundo hasta que te cansas de ella — le digo.

—Nunca me cansaría, hay tanto que explorar y conocer. Están las mejores discotecas…

El capitán informa por el altavoz de la nave que debemos asegurar nuestros cinturones porque estamos por aterrizar en el Aeropuerto Internacional John F. Kennedy. Mi corazón se agita un poco y las ansias por descender aumentan. Cuando bajamos del avión y me recibe el aire fresco de Nueva York, me siento en casa. Es una sensación acogedora e indescriptible que me recarga de energías y algo de optimismo.

Solo llevamos equipaje de mano, por lo que salimos rápidamente y tomamos un taxi hacia mi hogar en Queens. Junior observa muy animado la colorida ciudad, con ganas de conocerla. Llegando al punto de pedirme que nos bajemos y caminemos. Me pregunta por casi todo lo que observa por la ventanilla del vehículo; le respondo para saciar su curiosidad hasta que nos acercamos al destino.

Recibo un mensaje de Donald, informándome que llegó a Eureka y que el *sheriff* lo estaba buscando para saber de mi paradero. Me tranquiliza que llegara bien y me agrada la idea de que el imbécil del *sheriff* quiera encontrarme, porque pronto lo hará.

Ver la calle en donde viví y sobrepasé tantas situaciones difíciles el año pasado me produce raras sensaciones. Todo sigue exactamente igual —el viejo Jeep de un vecino continúa sin neumáticos y encima de unos bloques, los mismos pandilleros fuman reunidos al frente de la misma casa—, yo fui quien cambió, no soy la misma que se fue hace poco más de seis meses. Le pago al taxi y nos bajamos.

—¿Esta es tu casa?

Asiento y le pido que vaya adelante. No estaba en mis planes volver a Nueva York, no tengo llaves de mi propia casa, así que me valgo de lo que haya a mano para abrir la cerradura.

—¿Quién eres? —pregunta el muchacho, sorprendido, al ver que la abro.

Debo haber tardado mucho en reaccionar, ya que él me

toca por el hombro y pasa al interior. Si ver la calle me produjo bastantes emociones, entrar a casa lo hace el doble. Está llena de polvo, pero los recuerdos siguen intactos. Voy encendiendo las luces mientras la recorro. Todo luce tal como lo dejé, solo falta Bob, no es lo mismo sin él. Al momento en que llego al estudio es que entiendo que alguien más estuvo aquí. Dejaron la puerta abierta y un desorden sobre mi habitual desorden. Me enfurece que el malnacido de Hawk haya violado mi privacidad y espacio, pero me alegra que no me hubiera agarrado desprevenida; aunque como veo las cosas, si él hubiera querido asesinarme, hace rato que yo estaría muerta.

Mi teléfono repica, en la pantalla aparece un número desconocido. ¿Lo invoqué con el pensamiento? Puede ser Hawk, se dio cuenta de que desaparecí. Tengo que quitarle el control. Atiendo.

—¡Maldi…!

Cuelgo y comienzo a reírme, por haber acertado o por los nervios de escuchar su voz después de tanto tiempo. Respiro profundo. Junior me ve con curiosidad. Inician los repiques y atiendo al décimo.

—¡Si me vuelves…!

Le corto. Quiero que se desespere, que pierda la cordura y se desestabilice. Los psicópatas como él no pueden sentirse bien si no están seguros de que tienen el control absoluto. Continúa llamándome incesantemente, pongo el celular en silencio y lo olvido.

Junior me pregunta qué haremos ahora. Para su mala suerte, ya tengo planes para él y no le agradarán. Le pido que me acompañe a la casa de mis vecinos, los Wong. Quiero pedirle un favor a Liu y saber cómo sigue Kim, ya debe de haberse recuperado en la rehabilitación. Al llegar, toco la puerta.

—¡Liu! —digo. Es extraño, pero de verdad me alegra verlo.

—¡Ainara! —dice y me da un gran abrazo—. ¿Por qué tardaste tanto en regresar?

—He estado algo ocupada, Liu. Me alegra mucho verte.

—Te hemos echado de menos. Mi hermana no recuerda cuando la visitaste después de haberla salvado. Pero ha deseado agradecerte en persona por meses. Logró recuperarse, debes verla.

Liu, muy emocionado, grita y llama a Kim. Ella sale de su cuarto bostezando y limpiándose la cara. Luce increíblemente bien y saludable, recuperó peso. Cuando me ve, se tapa la boca y se paraliza. De sus ojos comienzan a salir lágrimas y corre hacia mí con los brazos abiertos. Nos abrazamos. Llora en mi oído mientras intenta pronunciar palabras que no logran salir de su boca. Estas cosas no me pasan a mí, pero provoca que mis ojos se humedezcan un poco. Verla bien me recuerda por qué soy agente del FBI.

—No pasa nada, todo está bien —susurro mientras intento respirar para calmar mis emociones.

—He esperado por meses para agradecértelo. Me salvaste la vida y a muchas más. Eres la mujer más increíble, determinada, fuerte y especial que puede existir. Volví a nacer gracias a ti, Ainara. ¿Puedo decirte así?

Le digo que puede llamarme como quiera y que es para mí un honor haber contribuido a que ella se salvara. Todos conversamos amenamente durante un rato y aprovecho un momento en privado con Liu para pedirle que me ayude con Junior. Al momento que aviso que tengo que irme por asuntos importantes, Junior se levanta para acompañarme, sin embargo, le informo que se quedará con los Wong. Debo trabajar y no quiero distracciones, iré a la dirección de la hermana de Lana.

~

E 42nd St. Brooklyn
   12:20 p. m.

Le pago al taxista y bajo. Es curioso que la calle y la casa queden al borde de un cementerio —el Holy Cross—. Al sacar mi celular, veo que tengo treinta y seis llamadas pérdidas del número que utilizó Hawk, lo ignoro. Aunque espero que ningún inocente pague la furia demencial que estoy despertando en él.

Llamo a los teléfonos que Lana me proporcionó de su hermana y nada ha cambiado. Está muerta la línea del celular y nadie atiende el fijo. Me acerco a la entrada de la pequeña casa, toco la puerta, y al no escuchar nada en el interior, la rodeo entrando en el terreno de la propiedad. Miro por las ventanas. Todo luce normal, incluso hay platos en la mesa de la cocina.

Continúo hasta la puerta trasera, la fuerzo y entro.

Nadie ha estado viviendo aquí, a pesar de que la casa tiene todo completo; en la refrigeradora hay alimentos descompuestos y los clósets están llenos de ropa. Salieron pensando que iban a volver o salieron obligados y no los dejaron regresar. Algo le pasó a la tía de Jessica Hawk, quizá a ella también. Reviso más a fondo en un intento de encontrar alguna pista. Al no hallar nada, me marcho.

—¿Eres familiar de Tina? ¿Por qué no ha vuelto? ¿Le pasó algo? —pregunta un hombre que al parecer es un vecino y se presenta como Albert.

—Sí, soy su sobrina. Vine porque tengo meses sin saber de ella y quería saber si se encuentra bien. Ahora estoy preocupada —digo fingiendo el sentimiento.

89

Si bien trato de sacarle todo lo que puedo, solo me da una curiosa información. Según él, Tina había estado actuando raro desde que metió a un hombre mucho más joven que ella a vivir en su casa. Albert cree que Tina era amante de este misterioso sujeto y se fue con él. Cuando le pregunto cómo era el hombre, no sabe describirlo.

—Solo recuerdo que era guapo —dice.

Necesito pensar y hacer que este viaje valga la pena. Tomo un taxi a mi bar favorito, The Astorian.

Al llegar me siento como en casa, extrañaba el lugar. El barman y dos meseros me saludan al reconocerme y me invitan a tomar asiento en uno de los muebles en la esquina en donde está la chimenea. Sin que les diga qué quiero, me llevan un vaso de *whisky* y un plato de papas fritas por cortesía de la casa. Mi celular suena, es la enfermera.

—¡Ainara!

—Mary, ¿qué ocurre?

—Logré robar una tarjeta, estoy bajando por el ascensor. Tengo miedo…

—Vuelve, no vayas, Mary. Estoy muy lejos. No sabemos qué te puedes encontrar. Si eres una amenaza para lo que sea que están haciendo allí, te eliminarán.

Hay mala señal, se escucha interferencia y no escucho si responde. Esta mujer me va a matar de un susto.

—Hay un pasillo largo, está bien iluminado. Estoy caminando. Hay muchas puertas… que dan hacia habitaciones con… camas. ¿Qué es esto? —pregunta ella extrañada.

—Sal de allí, Mary —le ordeno.

La comunicación se cae. No puedo llamarla porque podría exponerla. Decido pasar el tiempo aquí mientras espero a que llame, por lo que ordeno un almuerzo sencillo y otro trago.

～

Apenas Mary volvió a llamarme para informarme que casi la descubren, pero que logró escapar, me vine a las oficinas del FBI. Le ordené que no lo intentara de nuevo, que me esperase. De Hawk tenía veinte llamadas más, está enloqueciendo.

~

Oficinas del FBI
   5:20 p. m.

Los tragos y el tiempo a solas me hicieron entender que quizá necesite ayuda, así que aquí estoy para pedirla. Espero que, por la hora, las oficinas estén despejadas.

Al entrar recibo la primera buena señal, mi tarjeta de seguridad aún está activa. Pasar al recibidor, recorrer los pasillos y tomar el elevador me resulta tan reconfortante, siento que no me fui por más de unos días y que mi tiempo en Eureka solo ha sido un paseo catastrófico.

Las puertas del ascensor se abren y camino ansiosa. Espero que Peter o Danny estén, quiero verlos, abrazarlos y contarles todo, con suerte me entenderán. Y los encuentro al avanzar un poco, los diviso a través de una pared de vidrio. Mi Danny y Peter están sentados sobre un escritorio mientras conversan muy animadamente con dos asistentes o novatas. Son muy jóvenes y hermosas. Ese par de idiotas ahora parecen ser los mejores amigos, se ríen y coquetean con ellas.

—Desgraciados…, se nota que me extrañan —murmuro con rabia, aunque sé que no tengo derecho a molestarme. Fui yo quien se largó y desapareció.

Quiero ir hacia ellos y correr a esas mujerzuelas. Respiro profundo porque sé que no soy así, deben ser los tragos que están nublando mi juicio o es culpa de las terapias, que me

han convertido en una mujer emocional. Lucho con mis sentimientos hasta que Peter voltea hacia donde estoy y me ve. Se
queda paralizado, yo tampoco puedo moverme mientras
siento que el corazón me va a estallar por la emoción. Danny
nota que a su compañero le pasa algo y también me encuentra
con su mirada, queda tan sorprendido como Peter. No sé qué
hacer, pero cuando Peter y Danny se ponen de pie, salgo
corriendo al ascensor.

11

ENTRE COPAS

Toco el botón del ascensor varias veces, sin parar. No quiero hablar con esos idiotas, que se queden con esas mujerzuelas.

—¡Ainara! —grita Peter desde lejos.

—¡Ainara, por favor, espera! —suelta Danny.

Las puertas se abren, entro y presiono rápidamente para que se cierren. Los dos logran llegar y verme a la distancia durante los dos segundos que tardan en cerrarse.

Salgo del edificio a toda velocidad y me escondo detrás de un vehículo estacionado al otro lado de la calle. Desde donde logro verlos salir a los pocos segundos. Me buscan con desesperación hasta que entienden que no me encontrarán, y vuelven al interior. Esta situación me avergüenza y recuerda mi época en la secundaria, lo que me enoja. Aunque ya no pediré ayuda al FBI, puedo usar sus recursos. Si mi tarjeta de identificación sigue activa, mi cuenta para entrar en la base de datos debe de estar igual.

Si bien no quiero hacerlo y lo he evitado desde que escapé de prisión, necesito un vehículo para moverme en la ciudad.

280 Washington Ave, Brooklyn
6:00 p. m.

Apenas bajo del taxi, camino directo y sin miramientos a la casa que era de mi madre, en donde viví toda mi bonita infancia y que ahora me pertenece. Como tampoco traje llaves, la rodeo, fuerzo la entrada trasera e ingreso. Avanzo sin mirar a los lados, tomo las llaves de su Mercedes-Benz y salgo. Estando afuera puedo volver a respirar. Entonces entiendo una cosa, no puedo volver a entrar allí, no hay más que bonitas memorias que me recuerdan lo desgraciada que soy hoy. Debo vender esa casa y olvidarme de ella para siempre.

Entro en el Mercedes y arranco a casa, tengo trabajo por hacer. Para encontrar a Jessica Hawk, primero debo hallar a su tía. Si Tina fue asesinada, encontraré registros de ello; si desapareció, quedaré en blanco y nada de esto habrá valido para algo.

Al llegar a Queens, compro alimentos en un pequeño negocio y luego busco a Junior en casa de los Wong. Desde el momento en que él sale, comienza a mirarme diferente y se comporta más recatado, ni siquiera enloquece con el Mercedes que era de Merlina.

—¿Todo bien, Junior?

—Sí, Ainara. La pasé muy bien con Liu y Kim. Me enseñaron muchas cosas y me divertí con ellos, son personas increíbles, como tú.

Me detengo al no entender su actitud. Él no es así y estoy de mal humor.

—¿Qué haces? No tengo tiempo para actitudes extrañas de adolescentes.

—Kim me contó por todo lo que pasó. No tenía esperanzas de escapar. Trató de suicidarse dos veces y está segura de que a la tercera lo habría logrado. Pero no hubo un tercer intento porque tú, contra todo pronóstico, hiciste caer a la agencia de modelos y red de prostitución más grande del país. Y ahora lo recuerdo, vi aquella noticia en los periódicos del pueblo, pero primero hablaron de un agente. Después se descubriría que fuiste tú quien ideó todo.

Asiento y le pido que entremos a mi casa. Preparo una cena rápida para ambos, comemos y yo me dirijo al estudio. Enciendo mi vieja *laptop* de trabajo, no la utilizo desde hace mucho tiempo. Cuando voy a ingresar el nombre de Tina en la base de datos, suena el timbre.

Aunque no creo que sea algún peligro, le susurro a Junior que se quede detrás de mí y me acerco a la puerta con cautela.

—¡Ainara! Sé que estás ahí, me dijeron que te vieron. ¡Traigo unas botellas! —grita Amy Evans.

Abro la puerta emocionada, la extrañaba.

—¡Amiga!

Nos abrazamos por al menos veinte segundos y el excesivo contacto no me incomodó; no soy la misma persona, me he vuelto blanda.

—Hace diez minutos llegué al The Astorian y Richard, el camarero, me dijo que estuviste tomando unos tragos allí temprano. ¿¡Cuándo llegaste!? ¿Por qué no me avisaste? ¿Dónde has estado? ¿Por qué nunca respondiste mis correos? ¿En qué andas, Ainara Pons?

—Calma, Amy. Pasa, tengo mucho que contarte.

—Más te vale que me lo cuentes todo y que quede conforme. —Se detiene y lo queda mirando a Junior—. Hola, guapo. Amy Evans, mucho gusto.

La belleza y la presencia de mi amiga lo enmudecen, tarda varios segundos en responderle el saludo.

Sirvo dos copas de vino y nos instalamos a hablar en la cocina. Me cuenta que luego de ser recontratada en el periódico fue ascendida a editora en jefe. Que le ha ido muy bien y que conoció a un hombre especial. Me enseña su sortija de compromiso que tenía guardada en la cartera.

—Amy, felicidades. Espero conocerlo pronto, cuando tenga todo en orden —digo al abrazarla.

—Ainara, discúlpame. Solo he hablado de mí. Cuéntame todo de ti. ¿Estás en un nuevo caso? ¿En problemas? —pregunta tomándome de las manos.

—Tengo tres grandes problemas, amiga.

Entre copas, y por al menos una hora, le narro el porqué y todo lo sucedido desde que me fui a Eureka. Al principio escucha con entusiasmo cómo era mi vida en Eureka, el ambiente pueblerino, yo dándoles clases a unos niños, yendo a pescar y a pasear por la naturaleza, mis amigos Benjamin y Arthur, y Donald. Cuando sigo por la parte en que todo este desastre comenzó —el cadáver del estudiante Daz tendido en la calle y luego el de Christine en mi cama—, Amy cambia de mirada al comprender que lo de Hawk es un asunto muy serio y peligroso, incluso para ella, por estar ahora sentada al frente de mí; sin dejar a un lado la existencia de unos temerarios narcotraficantes que no piensan dos veces para asesinar a un oficial de la ley.

—Esto es malo y peligroso, pero no es peor que todo lo que viviste el año pasado. Puedes con esto y con mucho más. Cuentas con mi apoyo y tienes a todo el FBI de respaldo. Solo los llevas y volteas a ese pueblo patas arriba —dice ella.

—No puedo contar con el FBI, solo en último recurso. Si Hawk los ve o siente su presencia, volverá a desaparecer y nunca podré vivir en paz…

—O quizá no sobrevivas.

—Quizá no, pero no perderé sin dar la pelea, Amy. Ahora que estás aquí, tengo un plan para todo.

—¿Qué planeas hacer? Y lo que sea que esté en mis manos, lo haré —responde ella.

—He estado evadiendo las llamadas de Hawk para que entienda que perdió el control, quiero desequilibrarlo para que se equivoque, y al volver a Eureka dejaré que me encuentre cuando ya tenga lista su trampa; para los narcotraficantes tengo la intención de negociar, pero si no sale bien, tengo refuerzos que velarán por mí; para lo último necesito de ti.

—Lo que sea…

—Ya tenemos experiencia y ahora que eres jefa, será más fácil —digo y ella sonríe porque sabe a dónde voy—. Necesito que hagas un artículo sobre el instituto psiquiátrico HealthUs, que los expongas e implantes dudas razonables de lo que pueden estar haciendo allí: tráfico de órganos, experimentos de medicamentos no regulados o tratamientos ilegales; lo que se te ocurra.

—De acuerdo, hagámoslo. Solo recárgame la copa y tráeme una *laptop* —dice Amy.

—Eres la mejor, amiga —digo y voy por lo pedido.

Al ver mi computadora, recuerdo que buscaba información sobre Tina. Vuelvo a sentarme al lado de Amy y termino de teclear el nombre: Valentina Alexandra Odreman.

—¿Quién es ella? —pregunta Amy.

—¿Quién es quién? —inquiere Junior al volver de mi habitación—. Estoy aburrido, extraño a Bob. ¿Puedo ir con los Wong?

Le digo que es un poco tarde, pero al ver su cara de decepción y porque ahora soy blanda, lo intento. Llamo a Liu para preguntarle. Este me dice que, si Junior quiere, se puede quedar a dormir y que jugarán con la PlayStation toda la noche. No termino de darle la noticia cuando el muchacho ya camina hacia la puerta.

—¡Gracias! —suelta antes de perderse de vista.

Me hace sonreír, es lo más parecido a un hermano menor, supongo.

—¿Te estás encariñando? —pregunta Amy.

—Son los tragos. Volvamos a lo nuestro. Es la tía de la hija de Hawk, está desaparecida o quiso desaparecer —le comento.

Solo sale la información básica, su «estatus» es normal, ni desaparecida ni difunta. Valentina Alexandra Odreman, mujer de cincuenta y tres años. Trabaja de forma independiente como administradora. No hay nada útil.

—¿Qué encontraste? —pregunta Amy.

—Nada, pero tengo una idea.

Saco el teléfono para llamar a Lana.

—Pensé que lo tenías apagado, porque te llamé varias veces y se iba a la contestadora —dice ella.

—Este es el teléfono de Amanda Sacks —digo y ella se ríe.

La pantalla se enciende, una llamada entrante. Amy me pregunta y le digo que es Hawk. Me tomo un sorbo de la copa y atiendo para colgarle.

—Queens…

Corto con el corazón acelerado. ¿Sabe que estoy aquí? No es posible.

—¿Qué sucede, Ainara? Me estás asustando.

—Dijo: Queens. No puede saberlo, solo quiere intentar ponerme paranoica. —Lo que está logrando—. No es posible, es imposible.

—Quiere asustarte, amiga. Cálmate —dice Amy.

—Pudo decir cualquier lugar y sabía que solo tenía una oportunidad para afectarme. ¡Malnacido! Tienes que irte, Amy. Es peligroso que estés conmigo.

—Al contrario, Ainara. Si estoy sola, puede hacerme daño a mí también, a tu lado, no. Me quedaré contigo, ambas estaremos más seguras y podremos cuidarnos.

Le digo que sí, y después de terminar mi copa, llamo a Lana. Le pido detalles físicos de su hermana, marcas de nacimiento, tatuajes, fracturas o cualquier cosa que me sirva para identificarla. Aunque al principio no entiende para qué, rápidamente su tono de voz cambia al comenzar a preocuparse. Le pido que se calme y le explico que es solo rutina, a pesar de que temo lo peor.

Amy sale a buscar la *laptop* que tiene en su vehículo para comenzar a redactar el artículo contra el instituto mientras yo busco en la base de datos del FBI cadáveres de mujeres entre cincuenta y sesenta años sin identificar en los últimos doce meses. Consigo cuarenta y tres. Reviso uno a uno, foto por foto, hasta que la encuentro. Es inconfundible por el tatuaje de una rosa en un costado del torso. Según el informe, murió decapitada, borraron sus huellas digitales y nunca encontraron la cabeza; Hawk no quería que la reconocieran. Siento pesar por Lana, pero decido informarle después.

Tocan el timbre. Me levanto de un salto y cojo mi arma.

—¡Ainara! Sé que estás allí. Por favor, hablemos —dice Danny.

Cierro los ojos y recuesto la frente en la puerta, dudando si abrirle. Quiero verlo y abrazarlo. Mientras lo veo por la mirilla de la puerta, mi mano se dirige a la manilla.

—¿Qué haces aquí, Danny? —pregunta Peter al aparecer—. Dijiste que no vendrías…

—Tú también lo hiciste, ¿por qué viniste? —replica Danny.

—Te seguí —responde Peter luego de varios segundos.

—¿Esos dos hermosos hombres vinieron por ti? ¡Qué éxito, amiga! —susurra Amy.

Me encanta que hayan venido, sin embargo, no tengo tiempo para lidiar con ellos. Le suplico a Amy que les diga que me encuentro indispuesta y que los recibiré mañana temprano. Ella lo hace, y después de suplicar un par de minutos se marchan mientras discuten entre ellos. Aunque se ven adorables, no olvido que andaban coqueteando con unas mujerzuelas.

Volvemos a lo de vital importancia. Entendiendo que llegué a un callejón sin salida con lo de la hija de Hawk, Jessica, no me queda más que seguir con el plan B; desequilibrar al psicópata. Amy y yo pasamos el resto de la noche redactando el artículo, conversando y bebiendo. Recordamos los eventos del año pasado y hablamos del amor que al parecer me sonríe desde tres corazones diferentes.

Amy mandó el artículo listo para la impresión, saldrá entre los titulares del New York Post de mañana.

❧

Martes, 6:20 a. m.

Apenas despierto, llamo y reservo pasajes para Junior y para mí hacia Idaho; el avión sale a las nueve. Despierto a Amy y al muchacho para desayunar.

Mientras comíamos, mi teléfono repicó, Donald me avisó que el *sheriff* lo tenía retenido en la comisaría bajo investigaciones y que no lo soltará a menos que yo vaya. Le aseguré que estaría antes del mediodía.

A las ocho, Amy nos llevó al aeropuerto, en donde aprovechamos y compramos el periódico. El artículo salía en la contraparte de la portada, que enloquecerá a mi psiquiatra porque lo pusimos en el ojo del huracán. Le pedí a mi amiga que no le contara a nadie lo que conversamos, le di las gracias por todo y le prometí avisarle cómo se iban dando las cosas. Luego de un gran abrazo, Junior y yo nos dirigimos a la sala de espera.

Mi celular suena, reviso y es Mary, la enfermera.

—Mary, espero que…

—Todos andan como locos por lo del artículo, fuiste tú, ¿verdad? Aproveché para meterme en el ascensor, volví al nivel sótano. Creo que sé lo que están haciendo aquí…

—¡Mary, sal de inmediato! ¡Llego al mediodía y podremos hacerlo juntas! ¡Por favor, sal de ahí! —pido con vehemencia.

—Tiene un cuarto que es una espe…

—¿Mary? ¡Mary!

La llamada termina.

12

LEONA

Idaho
  11:10 a. m.

Apenas bajamos del avión, continúo llamando a Mary, pero su teléfono ahora está apagado y me hace temer lo peor. Caminamos a toda velocidad hacia el estacionamiento, por la Tundra. Junior conoce la situación y entiende, no pregunta nada ni me hace perder el tiempo.

Manejo con rapidez y directo a Car Luxure.

—¿Qué hacemos aquí? —pregunta Junior.

—Alquilaré un auto y tú me ayudarás a manejar hasta Eureka. Será el vehículo con el que me moveré allá sin llamar demasiado la atención, necesito ser invisible, ¿me entiendes?

—A la perfección, Ainara. No te defraudaré.

Cogemos un auto que pueda pasar desapercibido, una Jeep Cherokee del 98 cumple los requisitos. Al muchacho le encanta el viejo todoterreno y me ruega que le regale una parecida.

—A la placa le pondré tu nombre: AP-007 o A-Pons y un corazón —dice riéndose.

—Si todo sale bien, no haces ninguna estupidez y sobrevivimos, te la regalaré —respondo. Me he vuelto demasiado blanda y comienzo a agarrarle cariño al muchacho.

Salimos a Eureka. Llamo a Benjamin a mitad de camino para pedirle que nos encontremos a las afueras del pueblo, en donde me ayudaron a cambiar la llanta días atrás. Allí planearemos mejor cómo haremos las cosas y les entregaré el armamento que compré especialmente para ellos.

~

Eureka, Nevada
_12:20 p. m._

Desde lejos los puedo ver en el punto de encuentro acordado. Adoro a esos viejos, son los mejores. Al pasar a su lado, les indico que nos sigan hacia el bosque para no llamar la atención.

Unos doscientos metros adentro, nos detenemos cuando la maleza nos cubre completamente. Todos bajamos, Arthur y Benjamin con cervezas en mano y gran entusiasmo. Al parecer, la idea de volver a entrar en acción los emociona.

—Entonces, ¿Ainara Pons? —pregunta Arthur y me da un abrazo.

—Yo sabía que esta muchachita no era una simple maestra de secundaria o una policía de ciudad. ¿Qué persona luce tranquila después de una balacera que dejó su vehículo como un colador? —pregunta Benjamin.

—Discúlpenme por no haber sido sincera desde el principio, señores. Les presento a Junior.

El muchacho los saluda con respeto y comenzamos a bajar las armas de los asientos traseros. Los viejos agrandan los ojos al ver todo el material bélico que sacamos.

—La cosa es muy seria entonces. ¿Hace cuánto no disparas uno de estos, Benjamin? —pregunta Arthur al tomar uno de los rifles de precisión, el Dragunov.

—¿Acaso es mi cumpleaños? —Toma el otro a su turno—. Es bellísimo, ya quiero probarlo.

—Lo harán —aseguro sonriente—. Son suyos, es mi regalo por ayudarme.

Los viejos se emocionan más y terminan de coger el combo completo: dos rifles, dos pistolas, dos chalecos y muchas balas. A cambio, me dan un radio.

—Es viejo y no es como los que tienen en el FBI, pero tienen veinte kilómetros de alcance y puedes conectarle estos auriculares para escuchar al oído. Necesitamos mantener comunicación en vivo si las cosas se calientan —dice Benjamin.

—Esto es algo así como una operación clandestina, ¿no? Necesitamos saber hasta dónde podemos llegar, es decir…

—Si tienen que disparar a matar, no lo duden, pero que sea como último recurso —digo y luego pregunto—: ¿Qué averiguaron sobre los narcotraficantes? Les di dos nombres, ¿recuerdan?

Se miran entre sí, chocan sus cervezas y Arthur es quien habla.

—No solo averiguamos quiénes y cuántos son. Nos escabullimos en los tráileres de algunos de ellos y saboteamos sus armas, atoramos los martillos, sellamos las cámaras. Cuando se den cuenta, será muy tarde —dice él.

—No saben cuánto los amo —confieso asombrada—. Debo ir al psiquiátrico por una amiga que está en peligro.

Estén pendientes, después de eso iré a negociar y los necesitaré cubriéndome. Son muchos y todos están en mi contra.

Definimos otros pequeños detalles y ellos se marchan. Junto a Junior, adentramos más la Tundra y montamos las tiendas de acampar. Le dejo alimentos, un arma, un chaleco e instrucciones no negociables; debe quedarse ahí y no moverse, si no aparezco para el día siguiente, usará mi viejo teléfono para pedir ayuda.

Arranco en la Cherokee hacia el psiquiátrico, luego iré por Donald y le daré una lección al *sheriff*.

Cerca de la estación de servicio, me sorprende un punto de control de los policías del pueblo. Aunque estoy a suficiente distancia para alejarme sin levantar sospechas, retrasaría todo mi plan, así que debo cambiar el orden de los factores esperando que no se altere el producto y que Mary pueda aguantar. Me coloco el auricular del viejo radio.

—Benjamin, los planes se adelantaron. Iré a la comisaría en este momento. Cubran las entradas y salidas desde lejos. Den tiros de advertencia si alguien intenta entrar o salir sin que yo salga primero, caminando y con los pulgares arriba.

—Copiado, Leona. Llegamos en cinco. Viejo Zorro, fuera —responde.

Espero tres minutos, luego me acerco al punto de control y bajo el vidrio.

—Me dijeron que el *sheriff* quiere verme.

Me miran sorprendidos y arranco antes de que puedan reaccionar. Sueltan gritos e intentan desenfundar sus armas, no les da tiempo. Llego rápidamente a la comisaría, me bajo y entro de forma brusca, como había querido hacer desde hacía mucho.

—¿Cómo te atreves a entrar así a mi comisaría? —pregunta Williams y se levanta de su escritorio.

Cuatro de sus hombres lo imitan.

—¿Dónde está Donald? Espero que lo hayan tratado bien, si no, el castigo será peor para ustedes —digo.

Williams camina hacia mí, confundido.

—¿Estás desquiciada, Amanda?

—Ainara Pons, agente especial del FBI —digo mientras le enseño mi placa y saco mi arma.

Se quedan boquiabiertos, más confundidos que al principio. El *sheriff* da unos pasos hacia atrás y mira a sus hombres; reconozco esa mirada. Se rasca la cabeza y toca su arma. Yo levanto la mía primero y le apunto a la cabeza. Los cuatro policías que lo acompañan hacen lo mismo contra mí.

—Pueden matarme, pero primero te llevaré conmigo, Williams. Y media hora después, este pueblo estará lleno de agentes del FBI. Los que queden vivos irán a prisión de por vida. ¿Quieren tomar el riesgo? Vivo tiempo prestado, no me importa que termine aquí y ahora.

Les miento porque son unos cobardes y estoy noventa y nueve por ciento segura de que no harán nada. Jalo el martillo de mi arma para meter más presión mientras los agentes del *sheriff* intercambian miradas nerviosas.

—Yo me largo, el salario no lo vale —suelta uno y enfila hacia la salida.

—Yo que tú no haría eso. Ninguno debería salir de aquí sin que yo lo haga primero —advierto.

—¿Por qué? —pregunta temeroso.

—Confía en mí. Solo quiero que llegues en una pieza a casa. ¡Williams!, vengo por tres razones; para que liberes a Donald, negociemos lo de Junior y vayas conmigo al psiquiátrico para detener lo que ocurre allí.

—La cosa es con el *sheriff*, vámonos —dice otro de sus hombres.

—Si se van, se pueden olvidar de…

Lo ignoran. Me adelanto, salgo junto con ellos con los

pulgares arriba y regreso al interior. Williams enciende un cigarrillo, las manos le tiemblan. No se esperaba nada de esto.

—Antes de hablar, primero libera a Donald —le digo.

No dice nada y me lanza las llaves. Las tomo y voy al sótano, en donde está mi querido Donald.

—¡Ainara, por fin estás aquí! Me alegra verte sana y salva.

Le abro, lo abrazo, me besa y le cuento brevemente los detalles de lo que hice y lo que planeo hacer. Se preocupa, pero no le doy tiempo a hablarlo porque tengo que ir por Mary apenas resuelva lo de Junior. Le indico en dónde está Junior y le pido que vaya en la noche junto con Bob, amparados por la oscuridad. Acepta y me hace prometerle que lo llamaré en cada etapa que vaya superando. Se marcha de la comisaría y vuelvo a quedarme a solas con Williams.

—Llama a tus amigos narcos y pídeles una reunión de inmediato. Vamos a negociar la situación de Junior por las buenas antes de irnos a las malas —le digo al *sheriff*.

Williams aprieta los puños. Está en verdad alterado.

—¡No es tan fácil! ¿No estuviste allí cuando asesinaron a Marlon? Estos tipos están apoyados por carteles mexicanos, no andan con juegos. Para hacerles frente necesitamos al Ejército —exclama él.

—Lo traeré si es necesario, pero primero intentaremos hacerlo por las buenas.

Discutimos unos minutos hasta que por fin hace la llamada telefónica. Después de gritos, súplicas y lamentos, logra convencerlos. Williams me dice que tendremos que ir a las minas, en donde se encuentra el líder junto con varios de sus hombres. Me advierte que es posible que nos maten allí mismo si se sienten amenazados o no tenemos algo bueno que ofrecerles.

—Pienso ofrecerles que sigan libres y con vida. Si no es suficiente, será a las malas —digo con firmeza.

Mientras lo piensa, hablo con Benjamin para que vayan buscando posiciones. Al no tener más opción, Williams acepta que vayamos.

Partimos en la Cherokee hacia el lugar. Manejo lento para esperar la confirmación de mis viejos, quienes a los diez minutos me avisan que están ubicados en las cimas de unas colinas desde donde tienen campo visual completo de las minas. Acelero.

~

Mina de oro, Goldstrike
   1:30 p. m.

Tengo un auricular del radio en mi oreja, cubierto por mi cabello. Estamos en una de las zonas de mayor tránsito de camiones gigantes que cargan toneladas de arena. La bulla es impresionante.

—Son esos —susurra el *sheriff* a mi oído.

Doce hombres se acercan hacia nosotros. Llevan sus armas en manos: pistolas, escopetas y fusiles. ¿Para qué esconderlas si la mayor autoridad del pueblo los conoce?

—¿¡Por qué demonios piensas que puedes negociar algo, cabrona!? —me pregunta uno de ellos y luego se dirige a Williams—. ¿Por qué me traes a esta perra, *sheriff*? ¿Qué significa esto? Ya perdí buenos hombres, más te vale que vengas con algo bueno que ofrecer.

—No tuve opción, César. Es del FBI…

—¿FBI? —pregunta y se me acerca más—. ¿No serás esa mujer que gritó FBI y mató a tres de mis hombres?

—Entonces no hace falta presentarnos. Lo mejor para todos es negociar. A menos que quieras que traiga a mis amigos y se les acabe el negocio y la vida. —Lo veo en sus ojos, sé que intentará algo—. No lo hagas, no levantes esa arma.

—¡Maldita, perra!

Lo hace y, un segundo después, su mano y el arma se desprenden y caen al suelo, inmediatamente se escucha el eco del disparo que lo ocasionó y los gritos de dolor de César. Sus hombres se alteran, se agachan, buscan en dónde cubrirse.

«—Te tenemos cubierta, Leona. Halcón, fuera», dice Arthur por el radio.

«—Pero no te confíes, Arthur tiene párkinson», agrega Benjamin y se echa a reír.

—¿Qué demonios? —grita César mientras se revuelca de dolor.

—¿Qué has hecho? —pregunta el *sheriff* y se coloca las manos sobre la cabeza.

—No levanten sus armas y nadie más resultará herido.

De soslayo veo a otro subiendo la mira de su escopeta hacia mí. Intento apuntarlo, pero él tira del gatillo. Aprieto todos mis músculos y cierro los ojos por la impresión; no pasó nada. Menos de un segundo después, a este bastardo le ocurre lo mismo que a César y cae al suelo. Mis viejos son unos duros, aunque casi permiten que me maten. Le disparo a otro, me lanzo a la tierra y continúo defendiéndome.

«—Sabíamos que esa era una de las escopetas que sabo- teamos, Leona. Tenemos todo bajo control», asegura Arthur.

«—Deja de mentir y concéntrate, viejo», le reclama Benjamin.

—¡Paren, paren, paren! —ordena César—. Nadie haga nada. ¡Carlos, ayúdame a levantarme y alguien que tome mi mano, carajo! —Se pone de pie y se me acerca—. Junior debe saber dónde están los cinco kilos de cocaína que tenía Daz. Si me los consigues, olvidaré todo esto, si no, tendrás que traer al maldito Ejército, porque no solo los mataré a ustedes, también incendiaré este pueblo.

—Los tendrás, pero luego se largarán de Eureka para siempre, de lo contrario pasarán sus últimos días en prisión o sus últimos segundos enfrentándose a la ley —le digo.

Le estiro la mano derecha para sellar el trato. Al darme cuenta de que él ya no puede usar su derecha porque la sostiene uno de sus colegas, cambio a la zurda y cerramos el acuerdo. Se marchan heridos y muy molestos. Espero que Junior sepa algo al respecto de esa mercancía.

—No tienes idea de lo que acabas de hacer. Ellos no se quedarán tranquilos hasta exterminarnos a todos…

Dejo de escuchar la cháchara de Williams cuando veo a lo lejos a un hombre alto, sin camisa y de cabello largo, aunque tiene lentes oscuros, puedo jurar que me mira fijamente. Me hace sentir escalofríos al pensar en la pequeña posibilidad de que sea Hawk. No puedo evitarlo y comienzo a caminar hacia él, aumentando mi velocidad a cada paso hasta que me encuentro corriendo.

«—¿A dónde vas, Leona? Te vamos a perder de vista», dice Arthur por el radio.

Les digo a mis viejos que terminamos por ahora y que pueden volver. Mi campo de visión y toda mi atención se reducen a él. Terminaré esto de una vez.

—¡Cuidado! —gritan.

13

ME CONFIÉ DEMASIADO

ME DETENGO en seco y me pasa por el frente, a centímetros, un enorme camión cargado con arena. El copiloto me grita un par de groserías que ignoro mientras intento con desespero rodear al inmenso vehículo. El sujeto ya no está en aquel lugar. Lo busco rápidamente por todos lados, pregunto si alguien lo ha visto y doy su descripción, pero los imbéciles que trabajan aquí no mueven sus labios para otra cosa que no sea lanzar insultos.

Luego de varios minutos, me rindo al no conseguir nada y vuelvo muy cabreada a la Cherokee. Para cabrearme más porque le pincharon las llantas y gotea líquidos por la parte delantera. El imbécil del *sheriff* también se largó, no lo veo por ninguna parte. Necesito irme de inmediato de aquí, no puedo perder tiempo, Mary cuenta conmigo.

Un trabajador va pasando en un auto a baja velocidad, me paro en su camino y lo apunto con mi arma.

—¡FBI! ¡Necesito tu vehículo! —grito y me acerco a él.

El hombre se detiene muy confundido y me queda observando con las manos arriba.

—¡Por favor, no me lo quite! —exclama preocupado.

—Te lo dejaré intacto en algún lugar del pueblo. Solo necesito llegar…

—Te puedo llevar —dice temeroso.

Lo miro detenidamente por unos segundos, evaluándolo, y acepto su oferta.

—¡Manejarás como si tu vida dependiera de ello! —advierto con frialdad para que esté en la misma sintonía de mi urgencia.

Arranca con gran velocidad, le exige todo al motor de su viejo auto y maniobra con destreza. Reorganizo mis planes. Luego de buscar a Mary, debo ir con Junior y planear la búsqueda de la droga. Si ese extraño sujeto era Hawk, ya sabe que estoy aquí, reanudará su cacería. Puede que hoy termine todo, espero que bien para mí, para Mary y para Junior.

—Llega…

Me bajo antes de que termine de hablar y camino a paso veloz hacia la entrada del instituto, esta vez con mi verdadera identidad. Seré implacable, nadie me detendrá.

—Por hoy están prohibidas las visitas, señorita Amanda —dice un enfermero que me reconoce y hace de portero.

—No vengo de visita y mi nombre es Ainara Pons. ¡FBI! ¡Muévete de mi camino o te arrestaré por complicidad! —Le enseño mi placa.

Él se me queda mirando, sin pestañar o moverse, analizando la información.

—¡No lo repetiré! —le grito.

—Tengo órdenes, de verdad lo sien…

Lo tomo por el brazo, lo giro, lo tumbo contra el suelo, y cuando lo voy a esposar, recuerdo que no cargo con qué hacerlo. Sin embargo, todavía puedo dar un mensaje, y lo hago mientras coloco mi rodilla sobre su espalda y saco mi arma.

—¡Quien se atreva a entrometerse en mi camino va a ser apresado! ¿¡Dónde está la enfermera Mary!? —pregunto a quien tengo debajo y los presentes.

—No lo sé, no lo sé. Su turno era hasta las diez de la mañana. Por favor, no he hecho nada. Solo soy un enfermero.

—Eso lo determinaré yo. ¿Colaborarás conmigo o te arresto de una vez? —pregunto.

—Haré todo lo que me diga, pero cuidado con mi brazo. Me lo va a partir.

—¡Tu nombre!

—Jonathan —responde.

Libero a Jonathan y le ordeno que me acompañe al ascensor mientras también lo obligo a preguntar por radio acerca del paradero de Mary. Casi todos los demás trabajadores se esfumaron al ver lo que pasaba. Le informarán al jefe, a quien pienso confrontar dentro de poco.

—¡Apúrate, Jonathan! —le ordeno.

—Estamos llegando —dice y acerca su radio a la boca—: ¡Alguien que me diga en dónde está la enfermera Mary Ortega! ¡La solicitan con urgencia!

Llama al ascensor. Lo tomo por el brazo.

—Dime todo lo que sepas sobre lo que ocurre en el piso de abajo. No intentes mentirme, sé cuando alguien lo hace.

Traga saliva y piensa bien sus siguientes palabras.

—No sé nada…

—¡No me mientas, Jonathan, o te juro que pagarás con la cárcel! Esto no es un juego, hay vidas en riesgo —digo.

Estoy harta de que nadie me diga lo que quiero saber.

—No pertenezco al grupo que tiene acceso al «inframundo», pero si sé sobre los rumores. Los pacientes que bajan casi nunca se vuelven a ver, por lo menos no vivos. Era lo mismo en el viejo edificio —comenta Jonathan.

El ascensor abre las puertas y entramos. Apenas cierra, lo

paro para que nadie pueda interferir. No confío en él y le ordeno que me muestre sus llaves. Las pruebo todas, ninguna sirve para acceder. Por radio responden que Mary se fue temprano, lo que obviamente es mentira.

—Dime la verdad, ¿qué sabes? Cualquier cosa que sospeches, no importa lo tonta que parezca. Es el momento de hablar o callar —le digo con seriedad.

—Algunos de mis colegas y yo creemos que hacen prácticas ilegales, ritos satánicos o…

—¡Dilo, Jonathan!

—Venden los órganos. La mayoría de los pacientes son sanos físicamente, los familiares los olvidan y nadie pregunta por ellos. También se han visto a otras personas ingresar que nunca se ven salir. Y semanalmente, todos los viernes, sin falta y como lo hacían antes de mudarnos aquí, unos hombres vienen en un furgón negro con maletines y salen cargando bolsas oscuras.

—¿¡Por qué demonios nadie habla de esto!? ¿Qué sabes sobre Jeffrey? —pregunto.

—Lo mismo que todos, la versión oficial, se suicidó. No estuve de guardia esa noche. Nadie habla sobre las extrañas cosas que ocurren porque no está permitido y, además, los salarios que recibimos son los más altos del pueblo; nadie quiere arriesgarse a perderlo —afirma.

—¿Qué dijeron los familiares de él?

Me dice que no lo sabe y esta vez le creo. Le pregunto si tiene idea de a dónde ir a buscar a Mary, pero me dice que ella es de un pueblo vecino y no hablaba mucho de sí o interactuaba con los demás trabajadores. Solo me queda un sitio que visitar antes de ir a enfrentar al dueño de este maldito lugar.

—Llévame a la habitación que ocupaba Jeffrey —le pido.

Al abrirse las puertas del elevador, seis enfermeros nos esperaban. Me miran como si fuera una presa. ¿Planean algo? Muestro mi arma, no se mueven. Comienzan a ponerme algo nerviosa. Les advierto una vez, dos veces.

—No lo volveré a decir. ¡Lárguense!

Apunto al que parece ser el líder, veo como traga saliva. Sin embargo, se mantiene en su posición. Disparo y la bala le pasa muy cerca, él da un brinco. Jonathan está aterrado a mi lado.

—La próxima será en las piernas de quien no se aparte de mi camino.

Tres se retiran sin pensarlo.

—Tenemos orden de…

Le doy en la pierna y cae al suelo. Gime de dolor.

—¡Maldita loca! —exclama.

—Llévenselo. ¡Ahora!

Los dos restantes lo ayudan a levantarse y se van. Jonathan está alterado. Debo cachetearlo para que reaccione y retomemos lo nuestro. Lo apresuro en todo momento para que lleguemos rápido. No me gusta como está cambiando la situación.

En la habitación de Jeffrey está otro paciente, lo corro amablemente y de inmediato comienzo a revisarla. Mi estimado amigo era un esquizofrénico paranoico, seguramente tenía un lugar en donde escondía sus cosas, las que creía importantes. Quizá haya algo de valor. Paso más de diez minutos en esa tarea.

—¿Qué buscas? —pregunta Jonathan—. Van a volver más hombres y quizá con la policía.

—No estoy segura, cuando lo encuentre lo sabré. No me preocupa la policía, no se meterán conmigo —le digo.

Después de una búsqueda fallida y casi dándome por

vencida, noto en el techo de yeso una imperfección. Me subo en la cama y levanto un cuadro de yeso flojo. Palpo por los alrededores hasta que encuentro algo rectangular. Es una libreta.

—¡Bingo!

Jonathan se me acerca con curiosidad. Es una especie de diario en el que Jeffrey anotaba todo. Lo que comía, cuánto pesaban los alimentos, las medicinas que tomaba, cuántas veces iba al baño, los enfermeros y sus turnos, sus compañeros y sus comportamientos. La cosa se pone interesante después de la mitad: Jeffrey me había investigado desde hacía tiempo como Ainara Pons. Él sabía mi verdadera identidad. Además, en una sección llamada «desaparecidos»; numerosos nombres de pacientes y personas, horas, fechas, comentarios, rumores. Este diario será muy útil.

—Voy a verme con el cretino de Sam Dean. Ya no tienes que acompañarme.

Me toma por la muñeca y se queda pensativo.

—Cuando estábamos en el ascensor, planeaban hacerte algo. No te confíes ni le des la espalda a ninguno. No te dejarán salir si tienen la oportunidad de atraparte —dice en último lugar.

Asiento, le doy las gracias y salgo. Reviso el pasillo para evitarme sorpresas, no hay nadie a la vista ni se escuchan sonidos, es inquietante. Mi instinto me dice que me vaya de una vez, pero necesito confrontar a mi expsiquiatra y conseguir una llave de ese maldito elevador. Tomo las escaleras y subo hacia el consultorio. Cuando voy por el cuarto piso, noto que unos hombres también comienzan a subir desde la planta inferior, por lo que me apresuro aún más.

Al entrar en el pasillo del consultorio, veo a más de diez hombres esperando cerca de la puerta del ascensor. Voltean hacia mí mientras escucho las pisadas en los escalones cada vez más cerca. Me quito la correa y la uso como candado para la puerta que da hacia las escaleras, sin dejar de ver a los hombres que tengo al frente. Me comprará un minuto. Me mantengo en el fondo del pasillo. Detrás de mí hay una ventana.

—¡Sam! —grito varias veces.

Los sujetos se miran y caminan hacia mí. Suelto dos tiros al suelo en dirección a ellos para frenarlos, le doy a uno en la pierna.

—¿¡Qué demonios!? —Se queda en silencio por un instante al verme—. ¿Amanda, Ainara? ¿Tú fuiste la responsable de lo que salió en el periódico? —pregunta Sam.

—Fue un placer ayudar a redactar el artículo —admito—. ¿Dónde está Mary? Ya sé todo lo que ocurre aquí. Pagarás muy caro…

—¿Quién más lo sabe? Apuesto a que no muchos y nadie podrá probar nada. Para el final del día no quedará ninguna evidencia en este edificio y tú no vivirás mucho —asegura el doctor.

—Soy una agente del FBI. ¿Tienen una idea de lo que eso significa?

Empiezan a golpear la puerta que aseguré con mi correa.

—Una agente que pronto estará muerta. Usaré tu corazón para mi hija, lo merece más que tú. Quien la capture se ganará cien mil dólares —ofrece.

Sus hombres intentan avanzar, los freno momentáneamente con disparos y luego continúan. Me toco la cintura, dejé los demás cartuchos en la Cherokee y me deben quedar cinco disparos. Ellos son demasiados.

—¡Para atrás, el próximo disparo le dará en la cabeza a alguno de ustedes! —amenazo.

No puedo hacer una matanza, y solo me llevaría a unos

pocos antes de que me atrapen. Uno de ellos me lanza una taza e intenta correr hacia mí. Le disparo en el pecho y cae.

—¡Atrápenla, no tiene balas para todos! —grita Sam.

La puerta a mi lado se abre y tres hombres entran a toda prisa. Uno se me abalanza encima. Dos disparos, pierna y abdomen, cae. Retrocedo y se me viene el otro, le doy en el hombro. Todos los demás corren en mi dirección. Me giro, veo a la ventana y tiro del gatillo. Suena el clic varias veces, está vacía; conté mal. Le tiro la pistola con todas mis fuerzas al tipo que está más cerca mientras me impulso desesperadamente para saltar por la ventana. No lo pienso…

La atravieso y vuelo por los aires a cinco pisos de altura.

Me doy un golpe en la frente con el poste de luz, me mareo pero estoy consciente. Me aferro a este con todas mis fuerzas mientras se bambolea y parece que se va a partir. Me deslizo poco a poco hasta tocar el suelo. No puedo creer lo que hice. Volteo y los veo en la ventana.

—¡Vayan por ella, que no escape! —grita el malnacido de Sam.

Corro con todo lo que tengo por un sendero boscoso hasta encontrar la calle. Me fue difícil el trayecto porque el mareo no se me pasa. Diviso un carro detenido en un semáforo y me apresuro para alcanzarlo. Un habitante del pueblo lo conduce. Le hablo, quizá con palabras difíciles de entender, le enseño mi placa, e intenta decir algo. Ante la inacción del chofer, lo golpeo en la cara, lo bajo, me subo y arranco después de tirar el teléfono que utilizaba como Amanda, ya no lo necesitaré.

Conduzco acelerada, con la adrenalina provocando que mi corazón bombee sangre al límite. Sudo mucho y mi nivel de estrés está al máximo. Estuvo cerca, casi me atrapan, y ese hubiera sido el final. Me confié demasiado. Es probable que Mary esté muerta.

—¡Maldita sea! —grito y golpeo el volante para liberar mi rabia.

No me detengo hasta llegar cerca de la entrada al bosque en donde está Junior. Me bajo y troto. Mientras lo hago, entiendo que no podré resolver esto sola, me supera y necesito a mi equipo del FBI. Aunque por un momento pienso en volver a solicitar la ayuda de Arthur y Benjamin, con ellos podría incendiar ese maldito lugar.

14

LOS IRIS DE DOS COLORES

Campamento seguro
6:30 p. m.

—¿Llamarás a tus amigos del FBI? —pregunta Junior.

—Sí…

—¿Y el tal Hawk aparecerá?

—Es lo más seguro. No tengo otra opción. Los narcotraficantes quieren asesinarnos, los del instituto también lo desean, Hawk igual, y los policías de Eureka podrían estar incluidos en ese combo. No puedo contra todos —le digo.

—¿Llamamos de una vez? Quiero que esto acabe. Estoy harto de vivir como un animal. Necesito recuperar mi vida —dice el muchacho con preocupación.

Lo entiendo y asiento. Él me entrega el celular que le di hace días. Miro el aparato por unos segundos antes de pulsar el botón de encendido. Recuerdo algo.

—Junior, ¿sabes en dónde están los cinco kilos de cocaína que Daz guardaba?

El muchacho baja la mirada, lo que me lo confirma. Si la consigo, podría negociar con los desgraciados esos y me quitaría un peso de encima, por el momento, mientras mañana intento atraer a Hawk a mí. Es mi mejor oportunidad de matar a dos pájaros de un solo tiro. Luego lidiaré con Sam y sus lunáticos. La muerte de Jeffrey y lo que le haya pasado a Mary no quedará impune, se enfrentarán a la ley y seré yo quien los lleve ante ella.

—¿En dónde está? —pregunto.

—Detrás de uno de los arcos de la cancha de fútbol americano. No podemos ir de día —advierte Junior.

—Lo haremos en la madrugada, nadie puede vernos. Tenemos enemigos en todos lados.

Le devuelvo el teléfono, aún no es el momento. Encendemos una fogata y continuamos armando nuestro plan. Me pregunta primero por Bob y luego por Donald. Le comento que deberían estar por aparecer porque le di instrucciones precisas al profesor de que lo hiciera de noche. Aunque ahora siento una pequeña preocupación al pensar que alguien lo tome como rehén para llegar a mí.

El hambre nos ataca. Nos dedicamos a cocinar. Mientras yo aso carne, Junior se encarga de preparar los panes y hacer café.

～

8:10 p. m.

Escucho el ladrido de mi bestia negra y lo veo meneando su cola al lado de Donald, corre a mí. Me siento en el césped para poder abrazarlo, lo hago con fuerza.

—¿Quién es el mejor perro del mundo? —pregunto mientras recibo sus lamidas de amor y lo acaricio con entusiasmo.

—¿Para mí no hay nada? Traje algo para beber. —Levanta dos botellas de *whisky*—. Es tu favorito, ¿no?

Justo lo que necesito, un jodido trago. No soy dramática, sin embargo, por momentos pienso que esta podría ser mi última noche. Supongo que si logro salirme de todo esto, podré al fin avanzar y dejar el pasado atrás.

—¿Piensa embriagarme, profesor Donald? ¿Tiene malas intenciones?

—¡Vamos! ¡Por favor, hay un menor presente! —exclama Junior y luego va por mi hijo—. ¡Bob!

Donald y yo nos reímos mientras contemplamos la escena, el modo en que los niños se revuelcan en la tierra, uno se carcajea y el otro ladra de alegría. Donald se coloca a mi lado y me rodea con un brazo. Entonces, ahí, en el bosque de un pueblo remoto, al borde de una situación que promete desencadenarse de manera caótica mañana, con dos personas que eran completos extraños hace menos de una semana, tengo una sensación rara, de felicidad, confío en ellos y los aprecio mucho.

Donald y yo nos sentamos sobre un tronco al lado de la fogata. Junior se nos acerca al finalizar su jugueteo con Bob.

—¿Me invitan un trago? Ya casi soy mayor de edad.

—Para tomar necesitas veintiuno —dice el profesor.

—Solo uno, no habrá más. ¿De acuerdo? —pregunto.

Sé que ha pasado por mucho, y un poco de *whisky* no le hará daño. Le sirvo en un vaso y lo mando a su tienda para que nos deje conversar en privado.

—¿Cómo te fue en el instituto? ¿Lograste algo? —me pregunta.

Le cuento el horroroso susto que pasé por mi exceso de confianza.

—Cuando escuché el sonido del clic del cargador vacío, pensé que sería mi final. Uno realmente estúpido, sin sentido y por culpa de mi imprudencia. Menos mal que no entré en pánico y logré improvisar, que estaba ese poste ahí y que no se partió. Tuve mucha suerte —confieso

—Solo tu valentía supera tu belleza. Eres la mujer más increíble que conozco —dice y me besa.

Las orejas comienzan a ponérseme calientes, quizá por el beso, quizá por el *whisky*, a lo mejor por ambos.

—¡Bob y yo podemos escucharlos! ¡Váyanse para otro lado! —dice el muchacho.

—¿Quieres? —pregunta Donald.

—¿Un lugar más privado en donde nadie pueda interrumpirnos? —asiento—. Por favor.

Tomamos las botellas y caminamos hasta alejarnos unos cien metros. Nos sentamos a la orilla de un riachuelo. Él se me queda viendo fijamente, en silencio. Es una de las miradas más bonitas que alguien me ha regalado. La noche es perfecta, el cielo despejado permite admirar un sinfín de estrellas brillantes.

—¿Conversamos un rato primero? —sugiero con picardía.

—O por toda la noche, o la vida —responde él.

Es algo acerca de él, no solo lo físico; es lo comprensivo, su sensibilidad, su lealtad sin importar las circunstancias. Podría estar con cualquier otra mujer del pueblo, en un mejor lugar, sin complicaciones o riesgos tan letales. Esta vez no necesito saber por qué.

—Gracias, Donald.

—¿Por qué?

—Por estar aquí, por todo.

—No hace falta que me lo agradezcas. Contigo he aprendido mucho y la he pasado increíble. Me has enseñado que siempre se puede hacer lo correcto, lo único que se necesita es valentía. Solo no me alejes cuando todo acabe.

—¿Por qué lo haría?

—Solo prométemelo, Ainara.

—Con mi vida —le respondo—. Cuando todo esto termine, nada cambiará entre nosotros.

Recarga los tragos y me pide brindar por ello. Chocamos los cristales y bebemos hasta el fondo. Continuamos, acabando el *whisky* con determinación, conversando con ánimos adolescentes y besándonos con hambre cuando ya no queda nada más por decir.

Estamos muy ebrios.

—Tengo que ir con Junior a buscar la cocaína en la madrugada —digo mientras me besa el cuello.

Aún no me desconecto por completo, la parte de mi cerebro que almacena los deberes y las inquietudes siempre es mi último muro de contención contra los efectos del alcohol.

—Yo te despierto si te quedas… dormida —asegura mientras sus labios y manos recorren libremente mi cuerpo.

De repente se detiene y se separa. Tiene la cara roja. Le pregunto qué sucede y me confiesa que tiene mucho tiempo sin tener relaciones, le da miedo que no esté a la «altura». Recargo los vasos y le pido que se lo tome completo, de golpe y conmigo.

—Esto no es un trabajo, una competencia o una prueba. Solo disfrutémoslo, disfruta conmigo —susurro a su oído—. Esta podría ser mi última noche. Hagamos que sea memorable.

Bastó decirlo para que continuáramos con lo que comenzamos, pero ahora con más ganas y más pasión. Casi rompemos nuestras ropas y nos olvidamos del mundo exterior, de los problemas, de Junior. Hicimos el amor al lado de aquel riachuelo una vez. Bebimos más y volvimos a hacerlo en la tienda de acampar hasta quedarnos dormidos, rendidos, satisfechos.

~

4:20 a. m.

Me duele la cabeza y me siento horriblemente pesada. A mi lado está Donald semidesnudo, solo lleva ropa interior. Nada más recuerdo algunas partes. Curiosamente, más sobre su pene, era extraño en forma, textura. Veo la hora en mi reloj.

—¡Junior! —se me escapa.

Me levanto muy rápido, me visto para ir por el muchacho. Debemos buscar la droga antes de que amanezca. Salgo de la tienda y voy a prisa a la de él. Mi corazón comienza a latir desbocadamente cuando no lo veo en el interior y un mal presentimiento se apodera de mí. Corro hacia la Tundra, imaginando lo peor. No está.

—¡Idiota!

Vuelvo a mi tienda a gran velocidad para prepararme. Enciendo las lámparas y comienzo a revisar las armas.

—¡Donald, despierta! Junior se ha ido.

—¡La cabeza me está matando! ¿Qué sucede? —pregunta desorientado.

Le explico la situación mientras cargo las armas y me coloco un chaleco antibalas, le paso el otro a Donald. Somnoliento, lo coloca a un lado. Si encontramos vivo a Junior, seguro habrá problemas.

—Fue a buscar la droga —le digo.

—¿Cómo lo sabes?

—Porque se llevó a Bob con él.

—¿No será mejor esperarlo? —pregunta mientras se coloca el pantalón.

—¡Es un niño! ¡No tiene idea de la maldad de esos hombres! No tienes que venir conmigo, solo dame las llaves de tu auto —digo con premura.

Donald se voltea y me toma de los hombros, mirándome con firmeza. Me quedo paralizada por la impresión. Mi cerebro comienza a recapitular y a unir cabos.

—¡Tus ojos! —digo casi tartamudeando.

Él los ensancha al comprender que no lleva los lentes de contacto. Se gira y me da la espalda.

—Uso lentes de contacto para ver…

—¡Cállate, déjame pensar! —exclamo confundida.

Sus ojos son de color diferente, azul y verde; como Hawk. La heterocromía es hereditaria. Pero Hawk solo tuvo una hija. Miro detalladamente a Donald. Su estatura, su cutis de porcelana.

—No, no puede ser —pienso en voz alta.

—¿Qué estás pensando, Ainara? Debemos ir por Junior.

Las pastillas que toma todas las noches, la caja amarilla llamativa; su sensibilidad poco masculina; y su extraño pene. Mierda.

—¿Ainara? —pregunta.

—Jessica, ¿Hawk? —digo conmovida.

Su cara cambia de forma drástica y las lágrimas escapan de sus ojos por montones. Lo que me confirma lo que jamás se hubiese pasado antes por mi cabeza. No hacía falta un GPS en mi camioneta, él, o mejor dicho, ella, era el topo. Siento que voy a enloquecer, esto es demasiado. No puede ser real, debo estar en una pesadilla. Tomo el fusil de asalto y lucho por no apuntarlo.

—¡Di algo antes de que te vuele la maldita cabeza!

—¡Puedo explicarlo todo! ¡Por favor, perdóname! —suplica.

Se arrodilla y sujeta mi pierna. Levanto a la persona que tengo a mis pies mientras intento controlarme y no entrar en estado de locura.

—Tienes treinta segundos.

—Mi única culpa es ser hijo de ese enfermo, por favor…

—¿Despertaron par de tórtolos? —pregunta Junior fuera de la tienda.

Al escucharlo, salgo iracunda y lo sujeto por los hombros.

—¿En qué demonios estabas pensando? ¿¡Quieres hacer que nos maten!? —le recrimino.

—Aquí la tengo —dice sonriente y saca de su bolso cinco bolsas blancas.

—¿Cómo sabes que no te siguieron? Nos pones en riesgo a todos —reclamo, entro a su tienda y le saco el otro chaleco—. ¡Póntelo!

Intenta decirme algo más, pero lo callo. Estoy más molesta conmigo por confiarme y no estar pendiente de un adolescente, y por lo que acabo de descubrir. Me cuelgo el fusil de asalto al hombro y me tomo unos segundos para intentar recuperar la calma, necesito pensar. Ya no me siento segura aquí, no puedo confiar en nadie. Debemos irnos, y es una prioridad inmediata.

—Junior, empaca solo lo importante. Nos vamos.

—¡Ainara! —grita él—. Te llamé, pero estabas profundamente dormida. Estoy harto de ocultarme, ¡solo quiero que todo termine y recuperar mi vida!

—La vida no se trata únicamente de lo que queremos, ¿crees que no deseo todos los días regresar el tiempo y salvar a mi hermana, a mi madre, a todos? Las estupideces como estas se pueden pagar caro, Junior. Toma lo importante, salimos en dos minutos.

—Pero…

Escuchamos la detonación. La primera bala me pega en el pecho y me hace caer para atrás, golpeándome la cabeza en un tronco, casi perdiendo la consciencia.

15

INQUEBRANTABLE

—¡Ainara, Ainara! ¡Levántate! —grita Donald mientras se cubre con un árbol y dispara al aire.

Volteo, buscando al muchacho, este dispara hacia los enemigos y sostiene a Bob por el collar. Levanto mi arma, apunto y abro fuego desde el suelo. Le doy a uno.

—¡Maldita sea! —grita Junior.

—¡Junior, retrocede!

—¡Donald! ¡Ayúdame a cubrirlo! —le ordeno.

—¡Bob no quiere retroceder! —grita el muchacho.

Por un momento dejo de escuchar los disparos y me concentro en Bob, ladra enérgicamente y lucha por soltarse de Junior, quiere atacar. Están a más de veinte metros de distancia, no podré llegar. Le grito varias veces, pero no me hace caso, por la bulla, por el estrés, porque es un alfa. Entonces, entiendo que no los puedo salvar a ambos, no con facilidad, no sin suerte.

Y tomo la decisión más difícil de toda mi vida.

—¡Junior! —Disparo y le doy a otro que intentaba acercarse por el lado de Donald.

—¿Qué hago? —pregunta Junior desesperado.

Me cuesta pronunciar las palabras.

—¡Déjalo ir! —suelto por fin mientras siento como el corazón se me parte y veo fijamente a mi Bob, a mi bestia negra, a mi mejor amigo, a mi hijo, a lo único verdadero que tengo.

Junior se queda paralizado, con los ojos anegados. Con lágrimas en los míos, asiento, y él lo libera. Observo entonces a la criatura que más he querido en mi vida correr hacia el peligro con valentía.

—¡Corre! ¡Escapa! —le grito a Junior y me levanto llena de rabia y dolor.

Escucho los ladridos alejarse, alaridos de hombres y más disparos. Comienzo a disparar y a avanzar por donde se fue mi bestia. Ya no me importa nada, lo he perdido todo. Me impactan en la zona del abdomen y me tengo que cubrir. Son demasiados.

—¡Ainara! —grita a quien llamaba Donald.

Volteo hacia él y observo cuando la bala le da en el pecho, cae. Corro en su dirección, sintiendo las balas pasar muy cerca. Llego a su lado.

—¿Tu chaleco? —le pregunto. No lo tiene—. Maldición, maldición.

Bota sangre por la boca y tiembla. Escucho el chillido de Bob a lo lejos. Es el fin.

—Huye, aléjate de todo y salva tu vida, por favor… —Tose sangre.

—Ahorra las energías —pido y disparo al aire al mismo tiempo.

—Léela, por favor. La escribí para ti —dice entre lágrimas.

Mete un papel en mi bolsillo.

—Nunca le di información importante y no tuve más opción…

Siento un hierro caliente en la nunca que me quema la piel.

—Suelta el arma —dice un hombre.

Lo hago y levanto las manos. Velozmente sujeto la punta de su rifle y me giro. Comienzan a salir los tiros en todas direcciones mientras luchamos. Pateo sus testículos y le pego con la culata en el rostro, le arranco el arma. La apunto en su dirección y termino de vaciar el cargador en su cuerpo. Busco a Donald con la mirada, está muerto.

—¡Agente del FBI! ¿Me recuerdas, puta? —pregunta César al salir de atrás de unos árboles junto a más de una docena de sus hombres—. Revisen todo el lugar, maten a quien sea y encuentren la cocaína.

—Gracias a mí te falta una mano, ¿cómo olvidarlo? —replico.

Suelto el rifle, se acabó. Espero que por lo menos Junior haya logrado escapar. Me rodean deprisa. César ordena que me quiten el chaleco y me golpea en la cara y el abdomen, y cuando caigo al piso comienzo a sentir sus patadas por todo el cuerpo.

—¡Perra! ¡Todavía me queda una mano y dos piernas!

Casi no puedo respirar, me rompió una o varias costillas. Todo me duele. Lucho para levantarme porque no moriré tirada en la tierra.

—A que no puedes volver a jugar béisbol —digo al ponerme de rodillas, sonriendo.

—Nos salió chistosa. ¿Qué opinan, muchachos? ¿Una muerte lenta y dolorosa?

—Disfrutémosla hasta que consigan la cocaína —dice otro de ellos.

El infeliz de César se rasca la cabeza antes de hablar.

—No, la mataré lentamente mientras encuentran mi droga. Tráiganme…

—¡Tengo la cocaína! ¡Está completa! —avisan.

Abuchean y se ríen mientras verifican la mercancía. César no se alegra, en verdad quería matarme despacio.

—¿Últimas palabras? —pregunta al apuntarme a la cara.

Me levanto, sonrío y lo escupo.

—Espero que aprendas a limpiarte el trasero con esa mano, pendejo —digo.

Mantengo mi mirada fija en él para no demostrar miedo, aunque por dentro estoy aterrada y decepcionada por la forma en que moriré.

Varios disparos al aire los alertan y pronto se dan cuenta de que están rodeados. Sam Dean, mi «querido» psiquiatra, hace acto de presencia junto con un gran número de hombres.

—La trama se complica —suelto con ironía.

—¿¡Quién carajos eres y qué quieres!? —pregunta el líder de los narcos al mismo tiempo que le indica a sus hombres que no bajen las armas.

—No sé qué sucede aquí, pero no puedo dejar que la maten —dice Sam.

Él quiere el placer de matarme y mi corazón.

—Si no muere ella, moriremos todos —asegura César, quien todavía me apunta.

—No me malentiendas. Ella va a morir, pero no aquí. Esa mujer tiene un corazón sano y perfecto para mi hija.

Ya entiendo, para eso eran los exámenes de sangre y otros que me mandó. Quería estar seguro de que fuéramos compatibles.

—Tienes que pagar para llevártela, cabrón.

—El dinero no es problema. ¿Qué les parece si lo discutimos en mi clínica?

Es lo último que escucho antes de sentir un golpe.

~

Despierto en los puestos traseros de un vehículo, atada por completo y con un hombre a cada lado. Ya empieza a amanecer. El *sheriff* habla con los que van en el auto de adelante. Carcajea enérgicamente junto con ellos y sus hombres. Se acerca hacia nosotros, me mira y me guiña el ojo con alegría. Arrancamos.

Al llegar al instituto, noto que son casi diez vehículos y más de treinta hombres los que fueron por mí, entre los narcos y los de Sam. El lugar está vacío, no sé si por la hora o porque lo desalojaron gracias a que los expuse. Hay gran tensión mientras todos subimos hacia el consultorio por las escaleras. Intento buscar una opción para escapar, pero todas terminan con mi muerte, aunque quizá lo mejor sea hacerlo a mi manera.

—Estén pendientes de esa mujer, ya se lanzó por una ventana —dice Sam, quien va liderando al grupo.

Todos pasamos al consultorio. Sam les entrega un maletín.

—Cien mil dólares, como acordamos. Es un placer hacer negocios con personas serias.

—Seguro —dice César.

—Prepárenla para el quirófano —ordena Sam.

—Huele a alcohol, estuvo bebiendo. Hay que esperar que le baje el nivel en la sangre —dice un enfermero.

Es irreal esta sensación de sentirme como mercancía. Negocian por mí, me ponen precio y hablan como si no pudiera escucharlos o siquiera les importara. Los lamentos no sirven de nada y nunca me ha parecido que tengan sentido, pero cómo me entristece no haber salido cuando Danny y

Peter me fueron a buscar. Y debí haber pedido ayuda a mi gente del FBI.

—Sédenla y átenla muy bien a una camilla, es muy peligrosa. No quiero que tenga oportunidad de nada.

Siento la aguja clavarse en mi cuello y todo se nubla.

—¿A qué hora estamos empezando?

—Doce en punto.

Veo borroso y estoy muy mareada. No puedo moverme, estoy completamente atada y casi no entiendo lo que hablan, todo se escucha lejano, confuso. Solo puedo reconocer que estoy en un quirófano, rodeada de varias personas con trajes quirúrgicos, mascarillas. Me miran y murmuran. Muevo mi cabeza con desesperación, la piel se me pone de gallina al divisar los instrumentos que pretenden usar en mí. A mi lado está otra camilla con una muchacha que me mira con tranquilidad.

—Gracias —dice entre labios y curva sus labios descaradamente.

Tengo unas patéticas y absurdas ganas de llorar casi incontrolables. Muchos recuerdos, demasiada rabia, dolor y tristeza colapsan en mi cabeza.

Uno de los hombres se me acerca con una jeringuilla en mano.

—Buen viaje hasta el otro mundo —dice y vacía el contenido de la jeringuilla en las vías que están conectadas a mis venas.

Repentinamente, todos se alarman. Escucho gritos. Alguien en verdad grande entra, comienza a golpearlos a todos, a apuñalarlos, a dispararles y lanzarlos por los aires.

Lucho por moverme, pero no puedo, y cada segundo que pasa voy perdiendo la consciencia, me desconecto.

Los gritos se detienen y ya nadie lucha. Solo queda de pie el hombre que entró. Cuando voltea hacia mí y se acerca, reconozco su terrorífico rostro por su diabólica mirada de ojos de diferente color; Hawk. Me sonríe.

—Tenemos un juego pendiente, seré yo quien tome tu vida…

Reacciono con el corazón acelerado. Estoy atada con las manos detrás de la espalda, descalza y únicamente con una bata de quirófano. El lugar está oscuro, solo se filtran pequeños rayos de luz solar que me permiten notar que no estoy sola. La misma muchacha que estaba conmigo en el quirófano ahora está desnuda, atada a una silla e inconsciente. Lo que me hace recordar todo y provoca que la desesperación quiera apoderarse de mí; Hawk, siempre él.

Respiro hondo para calmarme y me obligo a concentrarme. Estoy en un tráiler. Comienzo a escuchar sirenas policiales y helicópteros distantes, nace una pequeña esperanza. Examino con cuidado y diviso un tubo de acero roto al que puedo llegar. Me arrastro lo más veloz que puedo y empiezo a cortar la soga que ata mis muñecas. Más sonidos se oyen desde diferentes direcciones. ¿Saben en dónde estoy?

La puerta se abre bruscamente y él entra. Muevo más rápido mis antebrazos para intentar liberarme. Me mira lleno de odio y camina hacia mí. Me va a matar.

—Yo asesiné a tu hermana y tú mataste a mi hija. Estamos a mano, y hoy moriremos juntos.

La hija de Sam despierta y, asustada, empieza a gritar con todas sus fuerzas. Hawk se le acerca y simplemente le rompe el cuello, sin siquiera esforzarse o pensarlo. He visto muchas cosas, pero eso me deja impactada.

Cuando se me viene encima, lo pateo en la rótula una vez y otra vez, haciendo que pierda el balance. Milagrosamente, logro liberarme de las ataduras de mis muñecas y girar muy rápido por el suelo para que no me caiga encima. Me levanto rápido y casi me voy de lado debido a un fuerte mareo. Mi cuerpo está débil. Se pone de pie. Me ataca con furia y lo esquivo varias veces. Aunque lo golpeo con fuerzas, no le causo casi efecto, es muy grande y fuerte.

En uno de mis ataques me toma por la muñeca, me jala y me agarra por el cuello. Comienza a estrangularme con una fuerza impresionante y yo voy a perder el conocimiento mientras forcejeo en vano.

—Tantos años buscándome para terminar muriendo en mis manos. Te asesinaré como lo hice con Rachel.

La rabia al escuchar el nombre de mi hermana y el odio a ese desgraciado me reaniman. Le pateo en los genitales hasta que me suelta. Se inclina por el dolor y yo no me detengo. Le golpeo el tabique y solo paro cuando siento los huesos romperse. Cae al piso en el acto. Me le monto encima y continúo golpeándolo en la cara con todas mis fuerzas, con los años de frustración acumulados.

—¡Muere, maldito infeliz! ¡Ella era todo para mí y me la quitaste!

Intenta tomarme por el cuello. Yo cojo un pedazo de vidrio y se lo entierro en el brazo, cojo otro y se lo hundo en el rostro, cojo otro y se lo clavo en los genitales. Me levanto para agarrar el tubo de acero que usé para liberarme mientras él se revuelca del dolor. Lo golpeo por todo el cuerpo, buscando romper sus huesos e inmovilizarlo totalmente, pero la rabia me ciega.

Me detengo cuando pienso ir por su cabeza. Mi respiración está descontrolada, al igual que yo. Lo miro fijamente, quiero matarlo, deseo que deje de respirar. Su existencia es negativa para el mundo, para mí. Dicen que cuando uno se encuentra en un verdadero peligro de muerte, una fuerza inusual se apodera de nosotros, algo como un último aliento; así me siento yo.

—Hazlo, ¡hazlo, cobarde! —grita con dificultad—. ¿Quieres saber cómo la asesiné?

—¡Cállate, maldito Hawk!

—¡La violé durante días! ¡No hubo uno en el que ella no pensara en ti! ¡Sabía que fue tu culpa que cayera en mis manos! ¡Murió odiándote!

—¡Cállate!

Las manos me tiemblan y veo todo rojo.

Abren la puerta con brusquedad.

—¡FBI...! ¡Ainara! —grita Peter Bennett—. Baja ese tubo, no es necesario. Ya lo tenemos, no podrá escapar.

—¡La violé hasta que me aburrí y le partí el cuello! —grita el malnacido de Hawk.

—¿Me dispararás si no lo bajo?

—Diré que lo hiciste en defensa propia, estoy de tu lado. Aunque... —Bennett se comunica por radio—. «Tengo a Ainara, está viva, pero necesito paramédicos para que la revisen. Tráiler morado, cerca de la colina».

—Deseo hacerlo, necesito hacerlo...

Siento repulsión al verlo respirar y saber todo el daño que ha hecho.

—No te sentirás mejor al hacerlo, sé lo que te digo. Eres la mejor agente del FBI que existe, eres inquebrantable, honrada, honesta y la heroína de millones. Eres la mejor persona que conozco. Por favor, no arruines tu vida. Él no lo vale —dice Bennett.

Danny entra corriendo, tarda un segundo en analizar la situación.

—Princesa, él no lo vale. Antes no tenías opción, ahora sí. Te conozco —dice y comienza a acercárseme.

—Danny, no te acerques —le pido.

—Danny, detente —dice Peter.

No lo hace y llega hasta mí. Delicadamente, me toma por las manos y ya no tengo fuerzas para resistirme; estoy exhausta, adolorida, mareada. Me quita el tubo y me carga en sus brazos, en donde me quedo dormida.

EPÍLOGO

Central Park
  Varias semanas después

Junior y Bob juegan con una pelota mientras los observo sentada en el césped. Son el uno para el otro.

El muchacho logró escapar aquella madrugada, pedir ayuda y encontrarse con Bob, quien fue levemente herido en una pata. Junior vigiló desde lejos el instituto psiquiátrico y vio cuando Hawk me llevó a su guarida en el tráiler morado, lo que sirvió para guiar la búsqueda de mis colegas.

Por desgracia, Mary fue asesinada, encontraron su ropa e identificación cerca de un horno crematorio en el «inframundo». Junto a algunas otras personas desaparecidas. Mis muchachos del FBI arrestaron a Sam Dean y a todo el personal que sobrevivió en ese maldito lugar, a excepción de Jonathan, por quien abogué. Jeffrey podrá descansar en paz.

Arrestaron a casi todos los narcotraficantes porque los

demás murieron al resistirse. El *sheriff* y sus hombres se entregaron de forma voluntaria.

A mis viejos Arthur y Benjamin les envié un cheque por diez mil dólares para que se compraran ese bote que varias veces me mencionaron que soñaban, para ir a pescar a mar abierto. Prometieron venir a visitarme a la ciudad.

Días después de recuperarme en una clínica por las costillas rotas y los golpes, me entregaron la carta que Donald me había metido en el bolsillo del pantalón que se quedó en el instituto psiquiátrico. La escribió cuando Williams lo detuvo por varias horas. Me contó que su padre lo violó cuando era una niña, durante años hasta que su madre se separó de él. Cuando se fue a Nueva York en busca de una mejor vida, su tía fue su guía y soporte. Quien la ayudó pagándole la costosa cirugía de cambio de sexo. Hawk los encontró, mató a su tía y, al reconocerlo, lo manipuló psicológicamente y con amenazas para que lo ayudase a mantenerme vigilada; sabía que si yo lo veía a él, lo identificaría de inmediato. El psicópata me tenía cierto respeto. No le guardo rencor a Donald y me gusta recordar lo bueno. Quisiera haberlo ayudado.

Hawk fue condenado a dos cadenas perpetuas, por el asesinato de Rachel, el de la hija de Sam Dean y por intentar matar a una agente federal. Pasará el resto de su miserable existencia en una cárcel de máxima seguridad. Los demás casos en los que se sospechó su participación fueron reabiertos.

A Junior me lo traje a vivir conmigo, no lo pude dejar allá, solo. Luego de algunos trámites engorrosos logré convertirme en su tutora oficial. Todavía nos estamos acostumbrando a convivir, pero nos va bien.

Después de mi paso por Eureka, mi convicción de ser una agente del FBI es más fuerte. En cualquier rincón del país suceden cosas indescriptibles que pienso ayudar a detener.

Nunca más cambiaré de nombre, soy Ainara Pons y ya no huyo de mi pasado.

Mi teléfono suena. Es un mensaje de Phillip, hay un nuevo caso que investigar y me requieren en la oficina. Le digo que estaré allí en una hora. Tengo algo más importante que hacer. Me levanto.

—¡Junior, tírame la pelota! —grito para unirme a ellos.

Él la lanza y, por detrás, la bestia negra corre en mi dirección, a mis brazos.

NOTAS DEL AUTOR

La mejor recompensa para mí como escritor es que tú, estimado lector, hayas disfrutado de la lectura de esta novela. La mejor ayuda que como lector me puedes ofrecer es brindarme tu opinión honesta acerca de ella.

Para mí es sumamente importante tu opinión ya que esto me ayudará a compartir con más lectores lo que percibiste al leer mi obra. Si estás de acuerdo conmigo, te agradeceré que publiques una opinión honesta en la tienda donde adquiriste esta novela. Yo me comprometo a leerla.

Si deseas leer otra de mis obras de manera gratuita, puedes suscribirte a mi lista de correo y recibirás una copia digital de mi relato *Los desaparecidos*. Así mismo te mantendré al tanto de mis novedades y futuras publicaciones. Suscríbete en este enlace:
https://raulgarbantes.com/losdesaparecidos

Si has disfrutado leyendo *Juro cazarte*, te invito a leer las otras novelas de la serie Ainara Pons:
Juro vengarte: Agente especial Ainara Pons n° 1
Juro combatirte: Agente especial Ainara Pons n° 3

Finalmente, si deseas contactarte conmigo puedes escribirme directamente a raul@raulgarbantes.com.

Mis mejores deseos,
Raúl Garbantes

g goodreads.com/raulgarbantes

instagram.com/raulgarbantes

facebook.com/autorraulgarbantes